中国好美文

窗外有雨声

范明 著

内蒙古文化出版社

图书在版编目（CIP）数据

窗外有雨声 / 范明著 . — 呼伦贝尔：内蒙古文化
出版社，2023.3
（中国好美文）
ISBN 978-7-5521-2162-9

Ⅰ.①窗… Ⅱ.①范… Ⅲ.①散文集—中国—当代
Ⅳ.① I267

中国版本图书馆 CIP 数据核字（2022）第 217895 号

窗外有雨声
CHUANGWAI YOU YUSHENG
范 明 著

责任编辑　白　鹭
封面设计　鸿儒文轩·末末美书

出版发行　内蒙古文化出版社
地　　址　呼伦贝尔市海拉尔区河东新春街4－3号
直销热线　0470－8241422　　邮编　021008

排版制作　北京鸿儒文轩文化传播有限公司
印刷装订　三河市华东印刷有限公司
开　　本　880mm×1230mm　1/32
字　　数　150千
印　　张　7.5
版　　次　2023年3月第1版
印　　次　2023年5月第1次印刷
书　　号　ISBN 978-7-5521-2162-9
定　　价　48.00元

目 录

走走停停

一

生命总是在走走停停之中。

一路行走，亦如四季，风景各自不同。既有艳阳似火的日光、美丽的花草树木、温柔如水的月，也有穷山恶水、瑟瑟的风、冷冷的雨。

在我们美好的愿望当中，一切生命都是平等的，包括自然生态中的动物和植物。但是，种子被播种到哪里，哪里就开出什么样的花，结出什么样的果。这，似乎别无选择。

我们也梦寐着，一切在我们周围无形的气息，比如江河湖海、崇山峻岭、风花雪月、花鸟虫鱼，都能随我们的心意，变得无比的温存、和蔼、灿若星辰。

　　但这仅仅是美好的愿望。生命中有鲜花怒放，也必有无情风雨的来袭，不管你把自己怎样紧紧地包裹住，也抵御不了这埋藏在生命深处的忧郁和悲伤。

　　路上，我们也需要时不时地停下来，歇息一会儿，留给自己一些空白。如同正行走在山路中，看到一张石凳，坐下来，放松一下像铅球一样沉重的双脚，揉一揉走得酸胀的双腿，让呼吸和心跳回到平常。坐下来，随意地看看四周的山水和树木，它们的细微处，这看似坚强却也柔软地流动着的生命。

　　走走停停，停停走走，是一种感觉，是生命的一种状态。

二

　　华灯初上，街面上来来往往的车、行色匆匆的人川流不息。这是一座繁忙的城市。在繁忙的城市舞台上，你也身在其中，扮演着一个角色。舞台的布置显然凌乱，却也错落有致，四面八方的车灯射过来的光线，聚成一束束刺眼的光柱，足可以上演一场精彩的剧目。

　　每一天都可能是一场精彩的剧目，我们扮演着各自不同的角色。有的人演得很出色，有的人演得很平庸，更多的人既不出色也不平庸。

　　每一天经过的花坛都是一个样。在你即将出门的时候，被尽职尽责的园艺师精心地修剪过。你看见的花坛，总是把美好的一面呈现出来，你认为很平常，并没有什么别样的感觉。

　　然而，花坛里的小花、小草和小树枝们，有的正在孕育着新的生命、怀抱着新的希望，有的却在枯萎老去。

三

　　没有人会喜欢灰尘。它被大自然吹到你的身边，铺满了你生活中的各个角落。它也许就像一个顽皮的孩子，想引起你的注意。灰尘在每一天等着你去关注和拂拭，你轻轻地拂去它，它就顺着水流走，消失，然后又有新的灰尘来到你的身边，你又重新地去关注和拂拭。灰尘，显然有些无辜和无奈了，它也许并不想这样去打扰你，只是自然地被风吹到了你这里。

　　生活中的每一个角落，都会沾满灰尘，有看得见的，有看不见的。正如春天的花到了秋冬季节会凋零，树叶到了秋冬季节会枯黄；正如在这个世界上，事无全美，人无完人。可是自然的东西总是美的，自然界万物有它的内在的美，它的美呈现出多元的光泽，无论细腻清秀或雄浑壮阔，都会让你感叹和震撼。灰尘只要是自然地随风吹来，那么，它给你的感觉就会很轻柔，而一旦接触到浑浊的水变为淤泥，它就会变得沉重了。

　　比起荷花来，灰尘是弱得彻底的，它的可爱之处，是它暂时还没有接触到浑浊的水而变为淤泥。

四

时光，你漫不经心地对待它，它也会漫不经心地对待你，并且在你漫不经心的时候，将你无情地抛在脑后。

你很努力地过好每一天。你知道要微笑，微笑地面对每一天的早晨、正午直至黄昏。随后，在夜深人静时分，你习惯性地面对自己，回顾与反思你一天的行为和思想，你慢慢地开始领悟到，除了微笑，还必须学会镇定。

古人云："每逢大事必有静气。"我们每天一般是没有什么大事的，都是些烦冗的琐碎的小事，但也必须去除浮躁，学会镇定，耐心地做好手头上的事。

诗歌和音乐，可以使人镇定。在纯净的语言及和谐的旋律中，潜藏美的力量。

五

纯净的感觉是奇妙的，可以是蓝色、灰色、粉红、浅绿……纯净的色彩，始终是纯净的。黑色，也是纯净的，显示着庄重和睿智。大海和月亮是纯净的，蓝天和白云是纯净的，婴儿睡着的模样是纯净的，孩子们的天空是纯净的，少男少女情窦初开时的情怀是纯净的，每天早晨小鸟开始在窗外啼叫的声音是纯净的……

自然的东西都是纯净的，所以给人感觉很美。

六

快乐是一种能力。

一年四季周而复始流转，花开花谢，似水流年，并无新事。太阳还是那个太阳，月亮还是那个月亮，道路还是那条道路，人还是那些人。只有岁月，在不经意间悄然流逝。当皱纹慢慢地爬上眼角和额头，我们才蓦然觉察到青春正在离去。

如果真的感觉到这一切，我们就会不由自主地不快乐起来。人生苦短，生活已安定，未知的事越来越少，也知道很多事都是命中注定。

这时候，想让自己快乐地面对生活，需要内心的修炼。从这个方面来讲，快乐是一种能力，我们能以一个怎样的心态欣然面对生活，即使岁月无情，但更知生活滋味的美好，好好地去爱生活，爱这人世间。

七

一出门，看见明媚的蓝天白云，精神为之舒爽，疲劳一扫而去。这样的蓝，应该如何形容呢？介于深蓝与水蓝之间，如一颗天然纯净的蓝宝石，我只嫌自己笨拙，以为"蓝宝石"这个称谓现时已多少带了点脂粉气，无法准确地概括出我心中的蓝。最令人着迷的，还是一团一团的白云。我想，如果天空只是单调的蓝色，恐怕缺少些什么，正如一方美丽的风景，如果没有人群的往来、如花的笑靥、健康的朝气，没有小动物自在快乐地栖息、嬉戏，没有动与静的融合相宜，这一方美景也实在是太为空洞和呆滞，而失却了灵动的韵味，那么，这一团团的白云，在我的眼里，就是蓝天上的小精灵了。飞絮似的绵软与憨厚，幻化出千姿百态的模样，怎么想象也是不为过的，如奔驰在草原上的骏马，如大海里翻卷的浪花，如碧波上鼓起的白帆，如一群天真烂漫的孩子……

此时，我的脑海里不禁浮现出这样的情景。记得有一次，我在花园里散步，阳光和暖，微风吹拂着明净如洗的天空，花草散发着淡淡的清香，鸟儿在树枝上叽叽喳喳地叫。在花园小径边的椅子上小憩，自有一番惬意。只见前方的不远处，一位年轻的美妇，正在专心致志地逗着婴儿车里的小宝宝。小宝宝安静地躺在婴儿车里，我自是看不清宝宝的样子的，然而不用看就可以知道，那一定是如天使般的纯美和可爱，粉嫩的肤色，一脸的圣洁和朗润。我是极爱看婴儿宝宝的小脸蛋的，面对他们，我会不由自主地生发出万般的柔情和若有所思的怅然。这位年轻的美妇，专心地逗着她心爱的宝宝，温婉，幸福，甜蜜，周身笼罩着柔和的光芒，教人也跟着喜悦和感动。

蓝天白云下的世界，一片生机盎然。

八

以为在潜意识里，就这么一直淡下去，挺好。

一切总是矛盾的。每天所面对的生活是不应该"淡"的，而自己却总想悄然无声地淡下去，淡到骨子里。我不知这种状态是否可以，却执着地认为：淡中有静，而有味。

看前段时间外出时拍回来的照片，发觉在我的身上不知不觉起了些变化，神情比原来更为恬淡文秀，其中有一张看起来还似乎稚气未脱，透露出随意、淡雅甚至可爱。这不易觉察的变化，令我感觉既惊奇，又有点儿没来由的得意。

我也不知得意些啥，只是觉得淡淡的开心。

九

清晨早起已是我的习惯，也是我每天生活中最安静的时刻。这时候，城市仍在酣睡，街面上还未响起汽车的呼呼声，一切静谧得让人舍不得丢弃这样的好时光。而此时，我可以清晰地听到三个声音：一个是我的心跳声，一个是时针的嘀嗒声，还有就是窗外鸟儿的啁啾声。这让我真切地感觉到我生命的存在、时光的悄然流逝，以及我与这个世界的息息相关。

一想到时光的无情，不禁感伤，记忆也总会渐渐地被淡忘。于是，我把我瞬间的思想和感悟（它们也许会一闪即逝），用零碎、简洁、朴素的语言记录下来。我喜欢这样的记录。

有的人习惯在静夜做自己喜欢的功课，读书或写字，而我是在每个清朗的早晨做着功课，读书或写字。

都是一样的。

十

一直喜欢做梦，仿佛生活在空中楼阁，不喜凡杂俗事。或许是性情所致，又或许是受了历代文人隐世哲学的影响，如果世事不那么清静，就想自己寻个清静的一角，比如书斋，在这里理清思想脉络，经营自己的文字城堡，让古今中外的思想精华荡涤心灵的尘埃。

然而，我当然知道，一味地躲在书斋里，势必渐趋迂腐陈旧，让思维和视野受限，情绪也会随之起伏波动。

一些深奥的哲思，往往含有人性中深层次的悲凉、苦痛和丑陋。这是时常困扰我的地方。但我也常在想，既然如此，我们人类所追求的终极目的，就是"美好"。这个"美好"的蕴义是丰厚的。

美好的基石又是什么呢？那就是爱。

爱的含义宽泛。怎么去爱？不是一个简单的问题。

在生活中，爱不是一个抽象的概念，而是具体的、生动的、感人的。积极地投入生机勃勃的生活中去，创造和享受生活的快乐和美好。我真切地相信，这人世间，所有的幸福都是因爱而生，所有的眼泪都是因爱而流。而这样的幸福和眼泪，是多么甜蜜和炽热，因为，那里带着我们血液的温度和生命的尊严。

十一

每一个人的心灵就是一个世界，并且都是独有的。因为你生活的体验是独有的。如果将情感赋予大自然中，赋予灵动的世界中，那么你就仿佛拥有了很多。

生活总会受到环境和时代的影响，如果在生活中有更多的行动以及体会，那么你将活得更为丰实。

这些一时的闪念，不知对不对。许多事物都不是绝对的，不能以一种简单的对与不对的方式来进行评判。

比如说爱情、友情以及生活中的种种琐碎，似乎都在上演着相似的人间故事，但各有精彩和值得珍惜的东西。

每个人的内心都是极为活跃的。如果你拥有文学的情感，如果对艺术怀有天赋的敏感，那么你的感悟将是多样的、立体的。一朵花、一片云、一座山、一场雨、一阵风……都会触及你的内心。

我们生活着，用感官去感受，用内心去体验，为灵魂找个安顿处，这样，或许可以让我们不麻木不狂妄，对万事万物有一颗敬畏之心。

我们知道生命的短暂，明白要寻求生活中的爱和幸福，因此我们懂得珍惜，懂得经营生活以及心灵世界的美。我们必须清醒地意识到一些外在的毫无意义的喧哗，而做到不受其羁绊。但我始终认为日常生活是可爱的，那是鲜活的人生画卷。也就是说，要重视日常生活，并且重视对自我心灵的观照。

　　纵观周围，实际上，每个人活得都很艰难，背负着生存压力、工作压力等等重负。如果热爱对心灵世界的探知，那么，还须忍受孤独和寂寥的苦闷。生活就如同万花筒，千姿百态，每个人都很努力地活着，都希望活得有尊严、顺利、美满、吉祥。

　　爱默生说："一个人无论好坏，必须先把自己看作是自己的命运；虽然广阔的宇宙不乏善陈，可是若不在自己得到的那块土地上辛苦耕耘，一粒富有营养的粮食也不会自行送上门来。蕴藏在他身上的力量实际上非常新奇，因此除他，谁也不知道他有什么本领，而且不经过尝试，连他自己也不知道。"他又说："正当对方呼声最高的时候，要心平气和，坚定不移地坚持我们自发的印象。要不，到了明天，一位陌生人将会非常高明地说出恰恰是我们一直想到和感到的东西，我们将被迫从别人那里取回我们自己的见解，并感到羞愧难当。"

　　积极入世，才能敏锐；善于出世，才能静观。

十二

　　突然想起一句话来："有心栽花花不开，无心插柳柳成荫。"世间事往往如此，有心人未必有收获。很多事情是可遇而不可求的。

　　"无心"是一种境界。在一次游玩中，偶遇一句话，从此记于心："闲暇时有书读书，无书读心，无书无心读自然。"

何等写意的生活，书香袭人，心灵安逸，自然总是美的。

又想起王国维《人间词话》中提及的人生的第三种境界："众里寻他千百度，蓦然回首，那人却在灯火阑珊处。"

拥有一份恬淡和雅趣，读书、写字、远游……有如江上清风，山间明月，一切尽在随心随缘，这种感觉多么美妙！

爱在深秋

1

深秋时节，很容易让人想起《爱在深秋》这首伤感的歌。

在家乡，即使秋色很浓了，也觉不出萧条的滋味。那时正当青春年少的我，浑身都是挡也挡不住的朝气，总觉生活如梦，色彩斑斓，还有许多未知等着我呢。记忆中充满诗意的景象，仿佛是道路两旁高大的法国梧桐，风一吹，四处飘散些毛茸茸的东西，一不小心吹到鼻子里就会打喷嚏。我喜欢沿着一条柏油小路行走，踩在未及清扫的厚厚的一层落叶上，听着自己沙沙的脚步声，有一种儿时顽皮的快意。

这些少得可怜的记忆，都成为我淡淡的爱的追忆。

2

在家乡，是较少听到过冬至节的。在广东，当地人十分重视冬至节，把它当作小年来看待。大多是回到家里，与家人团聚。

可能从小在家里就没有过这个节的习惯。记得有次妈妈打电话来，告诉我湖南卫视的一个什么闯关的栏目在武汉拍摄时遇上了她，邀请她参加了这个节目，虽然没有闯过关，但是电视里花了近五分钟的时间，介绍了她打乒乓球的情况，还将我回家后与全家人一起在球馆里打乒乓球的合照播放出来。当时我真是觉得既意外又欣喜。妈妈有很深的乒乓球情结，如今，打乒乓球是她每天锻炼身体的必修课，一直坚持得很好。原本身体很虚弱的她，现在好了很多。一向争强好胜的妈妈，现在年纪大了，心态却调整得非常好，讲究科学养生。

我在电话里跟她说，冬至节快到了，她也没很在意。想来，我们家还真是不太习惯过这个节。冬至，是我国农历中一个非常重要的节气，也是一个传统节日，至今仍有不少地方有过冬至节的习俗。现在，一些地方还把冬至作为一个节日来过。北方地区有冬至宰羊、吃饺子、吃馄饨的习俗，南方地区在这一天则吃冬至米团、冬至长线面，有些地区在冬至这一天还有祭天祭祖的习俗。

入乡随俗。每到冬至节里，我特别想念家乡的亲人。

3

从小我的嗓音甜润，老是被老师点名上台独唱。现在回想起来，当时并没有太多的兴奋之感，只觉得紧张与不安。一个人站在舞台上，对着麦克风，然后从喉咙管里发出声音，也不知自己在唱什么，只觉得我的声音怎么那么小，台下的老师和同学们能否听到呢？真是着急得很哪！兴许我是多虑了，总被老师安排上台独唱，一定是他们听到了我的甜美的歌声。

到如今，有三首歌深深地印在了我的脑海里：两首儿歌、一首摇篮曲。

记得单身的时候，我经常去袁老师家里玩。我与她的性情很相近，温和、闲散、与世无争。她有个女儿，当年才三岁，是最可爱的时候，小模样长得甜甜的。我经常给她唱《小雨点》："小雨点呀快下吧，滴答滴滴答；小青蛙呀快叫吧，咕呱咕咕呱；小树苗呀快长大，哇哈哇哈哈；我们乐得光脚丫，噼啪噼噼啪。"小女孩很聪明，听我唱了几遍，小嘴里就能哼出点儿旋律出来。

还有一首儿歌叫《小红帽》。我的孩子上幼儿园的时候，幼儿园举办联欢文艺汇演，在我和老师的鼓励下，他报名准备了一个独唱的节目。于是，我教他唱《小红帽》："我独自走在郊外的小路上，我把糕点带给外婆尝一尝；她家住在又远又僻静的地方，我担心附近是否有大灰狼。当太阳下山岗，我要赶快回家，同妈妈一同进入甜蜜梦乡。"我还记得孩子上台时紧张不安的神情，一如小时候独唱时的我。

读师范的时候，我学会了一首《摇篮曲》，特别喜欢那温馨柔美的曲调。我的孩子出生后，我经常给他唱："睡吧，睡吧，我亲爱的宝贝，妈妈的双手轻轻摇着你。摇篮摇你快快安睡，夜里安静被里多温暖。"后来孩子长大了，偶尔也在我的身边哼唱起这首歌的旋律，有时候，还调皮地轻拍着我的背，唱道："睡吧，睡吧，我亲爱的妈妈……"总让我忍俊不禁。

4

女人天生对服装、鞋和皮包感兴趣，而我多了一样爱好，就是读书。

在网络还没有那么盛行的时候，我有买书的嗜好，每次去书城，不在里头待上几个钟头是出不来的，自然是在文学艺术类的书架旁转悠得比较多，凡文坛大家的、书名起得好的、封面设计别致的书或是正热销的书，我都会翻一翻看一看，觉得满意又有心想好好阅读的书就买下来。在平日，我买书及阅读都随心情。比如，如果有段时间觉得生活无波无澜，我会选择读一些随笔类的书，看看别人是怎样生活的；如果有段时间觉得对什么都提不起兴趣，我会选择读一些小说或者哲理类的书。我偏爱读一些年纪稍长的作家的散文随笔，其语言大多磨炼得干净精准，充满了生活智慧，读时能平和心态，获得启示。

　　可是如何放置这些书渐渐成了我最大的苦恼。就像蚂蚁搬家一样，家里的书橱慢慢地就被塞得满满的。有时，我很想把书橱里的书好好地清理一下，因为大部分书都阅读过，有的书可能再不会去动它一下，比如说励志类、小说类、教育类的书，但是我还是不忍舍弃。每当透过书橱的玻璃浏览那些书名的时候，脑海里便会闪现出过去阅读的情景，回味起当时的心情。这些书构成了我的心路，给了我滋养。而且，我不愿舍弃还有一个理由，那就是想着我的孩子长大后的某一天如果翻阅起这些书来，我会很高兴的。于是，书橱里放不下了，就往柜子里塞，柜子里也塞不下了，就堆放在书桌上、梳妆台上，床头柜上，甚至是床上。我喜欢将想读的书放在随手可取的地方，早上起床时、晚上睡觉前或是见缝插针的闲暇片刻，随手取上一本书，读上几篇文章，心里就觉得舒服。

　　至于服装，应该是女人的最爱了。相信所有女人的衣橱里或多或少都有自己喜欢的时装。在我的衣橱里，就挂满了春、夏、秋、冬四个季节的服装，虽色调不一、材质各异、款式多样，但大多简洁素雅。每次逛服装店，凡我真的喜欢的，只要觉得价格可以承受得起，我就会毫不犹豫地买下来。其实，我的衣橱里有好多衣服的商标还未剪下来，也有些衣服只穿了两三回，就被冷落到一边。偶尔也会为自己的"奢侈"而愧疚，然而，一想到爱美是女人的天性也就释然了。每天准备出门的时候，打开衣橱，目光搜索着一件件衣服，常常不知穿什么才好。

　　俗话说，三分长相，七分打扮。懂得穿着的人在人前一闪，会让人感觉眼前一亮；不怎么懂得穿着的人，会让人觉得俗气或土气。所以说，看一个人的穿着往往可以看出一个人的气质和品位。当然，穿着与一个人的性格也有很大的关系。性格开朗活泼的，通常会喜欢一些款式时尚色彩鲜艳的服装；性格内向文静的，往往喜欢一些样式简洁色彩冷艳的服装。我应该属于后一类，而且穿衣服也像读书一样有点随心情，心情一般的时候，会穿上旧的或颜色暗沉的衣服，心情极好的时候，就穿上新买的或颜色稍微亮丽点的衣服，当然，有时候也会相反。总之我常通过衣服来调节每天的心情。事实上，穿着是一门艺术，是有很多讲究的。

　　还有两类东西也是女人必不可少的物件，那就是鞋和皮包了。穿什么样的衣服，就要配什么样的鞋和皮包，其颜色和样式都要搭配得恰到好处又不抢衣服的风头，才能起到协调甚至锦上添花的作用。上班时，穿职业装，挎小坤包，蹬高跟鞋；游玩时，穿休闲装，挎休闲包，穿平底鞋。说实话，我在这方面有点"偷懒"，鞋子和皮包大多买些深色的，这样就可做到"一劳永逸"，搭配什么样的衣服都合适，既省钱又不劳神。不过细数起来，我的皮包也更换了好多了，至于鞋子嘛，就不好意思说了，应该算是比较节省的一族吧。可恨的是，市场上皮包和鞋的款式如同服装一样，一年来一个新潮，看着各种新颖的款式，让人心里痒痒的，所以说女人的钱是最好赚的。

　　对待书、服装、鞋和皮包，我的态度还是有些不同。对待服装、鞋和皮包的态度，可以说是"喜新厌旧"，旧了厌了可以送人或丢弃；对待书的态度，就有点"喜新不厌旧"了，再旧的书也是不舍得送人更不舍得丢弃的。而且，逛书店若不买一两本书，会觉得虚于此行；逛服装店强忍着欲望没掏出钱来买，那是常有的事儿。因为在我心里，服装、鞋和皮包一不小心就过时了，而书，大部分是不会过时的。

5

总记得电影《出水芙蓉》里有一个搞笑情节。上芭蕾舞课时，男主人公背后的一小片糖纸被他和舞蹈演员们从这个人的背上拍到那个人的背上，双手怎么甩也甩不掉，还生怕被严厉的女教师发现。每次看到这一组镜头，我都会被逗乐。记得那位严厉的女教师有一句训练口头禅："抬头、挺胸、收腹、提臀。"

师范学校开有舞蹈课。当年教我们的也是一位女教师，年龄在四十岁上下，中等个儿，脸庞清瘦，五官小巧，脖子细长，长发烫卷，脑后扎了一个蓬松的大马尾，走起路来迈着小碎步，轻盈，挺拔。她长着两片小薄唇，说话时声音清细，节奏稍快，老是喜欢微抬着下巴，微眯着双眼，这在我们看来很有魅力。她很和善，不像电影里的那位严厉的女教师，在给我们做示范的时候，舞姿特别优美。每次我们练习舞蹈的基本功动作，她总会说："身体不要往下谢，要立起来。要养成习惯，女孩子要立起来才好看。"就为了这一句好看，我们一帮女孩子，无论走到哪里，都立得挺拔，感觉自己的身材修长了不少。即使在站台上等公交车时，我们的站姿也如《出水芙蓉》里的那句口头禅一样："抬头、挺胸、收腹、提臀。"慢慢地，我们也就形成了这种立起来的姿态了。

上过舞蹈课，才知自己还有一点点舞蹈的天分。有一年放寒假，我还缠着爸妈交学费，允许我报个舞蹈培训班。但我的舞蹈情结，毕业以后就再也没有机缘续上。

6

不知是谁说过的一句话："静默是表达快乐的最好方法，要是我能说出我心里多么快乐，那么我的快乐只是有限的。"意思是说，真正的快乐是无法用言语表达的。

然而，我却认为，快乐是需要表达出来的，表达出来的快乐也不一定不是真正的快乐。就时间上来说，快乐或恒久或瞬间无关紧要。实际上，人生中瞬间的快乐带来的喜悦是最为激荡的，往往令人难以忘怀，而恒久的快乐，就像一坛历经岁月沉淀的醇香好酒，经过你的舌尖、喉咙、食道，再直抵你的胃，烧着心，暖着身。快乐倘若不表达出来，老闷在心里一个人偷着乐，恐怕也不是一件很爽的事，如同将郁闷的情绪长期憋在心里，也会生出毛病来。

把快乐简单地、快速地传递给亲朋好友，让他们分享快乐，那种感觉是：你快乐着，别人因受到你的感染，也就快乐着。这样，在这一个时间段大家都能快乐起来。我想，大约是如此吧。

　　孩子们就是这样简单地快乐着，而且还不懂得静默的道理，他们一有快乐的事情就恨不能马上说出来，期待听到大家的夸奖，以满足那颗小小的虚荣心。然后，依着这颗虚荣心，又自信满满地去发现更多、学到更多、做得更好，就这一方面而言，我们所不屑一顾的虚荣心，在此却是很有用的。其实，万事万物之间有时没有明确的界限，你不能说什么什么不好，也不能说什么什么就好（当然品行恶劣者除外）。

　　快乐有限也好，无限也罢，对于成年人来讲，快乐在于认识，在于感受，在于心。而成年人大多含蓄，不愿喜形于色，将快乐传达给别人。实则，能给人们带来快乐的人，也一定是个可爱的、受欢迎的人。

相遇一座山

在广东省深圳市境内，有一座山名为"阳台山"，海拔五百八十七米，是深圳市西南部的制高点。此山曾被称作是"天然的屏障"，扼港九，掣铁路，进可攻，退可守，在抗日战争时期曾经是广东东江游击纵队战斗的地方。二十世纪九十年代初，我从武汉来到深圳工作、定居，从此便与这座山结下了不浅的缘分。在这座山曾经发生的故事、来到深圳后时常登临阳台山的情景以及我的工作与这座山的息息相关，都让我对阳台山有着深深的情怀。

一九四二年，在日寇铁蹄的侵略下，香港沦陷。一个营救文化名人的周密计划正在秘密进行。由中共中央南方局的周恩来、廖承志领导，东江游击纵队往返于一条秘密的交通线，将滞留在香港、随时随地都有生命危险的三百余名文化名人秘密地安全送出香港，史称"秘密大营救"。

在这批文化名人中，有茅盾夫妇、叶以群、邹韬奋等人，经香港荃湾进入惠州大帽山，终在东江游击纵队派出的交通员的保护下辗转到了一个相对安全的白石龙村庄。

白石龙村坐落在阳台山脚下，离村庄不远，那里有一幢两层的小白楼，是广东人民抗日游击队第五大队的总部。据史料记载，抵达当晚，茅盾、邹韬奋等人与纵队司令员曾生、副司令员王作尧和政委林伊平等同志一起品尝了当地有名的狗肉，第二天，便转移到了更为隐蔽的阳台山上。邹韬奋夫妇及其子女、哲学家胡绳夫妇、剧作家于伶夫妇、世界语者叶籁士、诗人袁水拍等二十多人在阳台山共生活了两三个月，在那里度过了一生中难以忘怀的日子，后又安全转移到内地。

从此，阳台山这座名不见经传的山脉，便与这批文化名人结下了不解之缘。这段闻名遐迩的历史被后人铭记。二〇〇五年，白石龙村建成"中国文化名人大营救纪念馆"，我每次去参观游览，都不由心生感慨。因为长期在基层从事文化工作，我曾目睹并参与过当地政府为了纪念这个伟大事件不遗余力地围绕"营救"这一主题进行相关建设工作。除建成纪念馆，还在当地文化广场建了一个"胜利大营救"主题的大型群雕，之后又在阳台山下建成了一个颇有创意的"'枪杆子与笔杆子'胜利大营救"的主题雕塑。这些地方都成了当地重要的爱国主义教育基地。试想一下，如果没有当年冒险而艰难的秘密营救，中国的文化遗产将会遭受重大损失。站在阳台山脚下，面对着那些纪念雕塑，我时常感念那些文人志士的战斗豪情。历史的石碑上镌刻着他们的铮铮傲骨，一支笔便是一把尖刀，一页纸便是一篇檄文，不屈的脊梁在面对侵略者时始终岿然不动，头可断，血可流，印成铅字的怒火，似把寒光冷影都烧成了灰烬。

当年荒芜的阳台山，如今已成为风景秀丽的森林公园、深圳十大景点之一。和平的白鸽在蓝天上高高盘旋，那是冲破战火乌云后，阳光下最美丽的鸟儿。

人的命运与自然万物一直都有着千丝万缕的联系。如果我没有到深圳，就不会得遇这座寻常而又寻常的阳台山了。

记得我初到深圳的时候，给我印象最深的，是连绵起伏的山峦，恍若置身于青山环绕之中。深圳的山虽算不上巍峨，但其秀逸俊美同样令人心旷神怡，其中不乏奇妙与险峻。天地之间，远近之间，翠绿与灰蒙相间，飘逸的群峰似与天际连合，映照着霞光溢彩，更衬着蔚蓝的天空、如织的白云，让人产生无边的遐想。

每年过重阳节的时候，当地人都有登阳台山的雅兴，徒步登高，一口气登上山顶，迎着远处吹来的海风极目远眺，四周的景物尽收眼底。记得有一年的重阳节，阳台山下彩旗飘舞，热闹非凡。一大早，山脚下竟聚集了六百余人，除了去参加登山竞赛活动的大多数人，更有一支"神秘"的小分队——探险队也已整装出发，开始了动人心弦的探索"神奇"的历程。

宽阔平静的赖屋山水库温柔地依傍在阳台山下，四面环山，山水相接，浪花拍打着急驰的小艇，更激起了人们探险的热望。我们沿着狭窄的山路拾级而上，听见有流水声从不远处传来，人都说"水是生命之源"，这山因这水声迅速变得活了起来。循着水声继续攀缘而上，实在有些"山重水复疑无路，柳暗花明又一村"的意境。不一会儿"瀑布"已映入人们的视野，"哗哗"的流水从高处冲下来，飞溅起的水花落在人的肌肤上，凉丝丝的。虽天气稍热，但这里却别有洞天，沁人心脾的凉爽正如人们所说的"比待在空调房里还要畅快"。低凹处小溪汇流，涓涓细纹，清澈见底，沙石如同淘洗了一般干净，溪流里还能看见有小小的虾、虫之类的活物。坐在清凉的石凳上歇一歇，感觉倘若此时有一把蒲扇在手，或者是一支禅杖在握，定有神仙般的况味，掬一把清水喝一口都有一种甜甜的味道。说阳台山藏龙卧虎一点不假，这"哗哗"的声响不由得让人为之兴叹。好一个天然的"尤物"，要不怎么会有"阴阳柔和"之说呢？山代表着雄伟，水代表着阴柔，有青山有绿水更构成了完美的自然。

发现了"瀑布"成了探索中的一大乐事，再拾级而上，山石奇异，老藤缠绕，古木参天，更有许多不知名的山花争艳……其间还有一块巨大的岩石横亘云端，形成了天然景色，人称"飞来石"，这恐怕是有那么一个美丽的传说在这巨石上吧。再沿着宽阔平静的赖屋山水库返航的时候，耳边"哗哗"的声响仍长久挥之不去……

每逢节假日，与家人登山，其乐无穷。有一年春天，我和家人一起登阳台山踏青。也许是因时近中午，登山的人不算多，有的也是一家子人而来，有的是朋友结伴而来。慈祥的爷爷奶奶带着他们的孙子孙女一步一歇地上着台阶；年轻的爸爸妈妈怀里抱着看起来才一岁多大的宝宝也来登山；十几二十几岁的男男女女高声地说着话，轻盈的脚步，欢快的笑声，有的甚至比着看谁登得快，一路小跑着，脸颊绯红，浑身散发着青春的气息，把一长串的登山道铺染上了无限活力。

我们一开始慢慢地走着，一步一个台阶，似乎还在做着心理上的准备。上小学的儿子穿着一套崭新的运动服，自告奋勇地背起了装着几瓶矿泉水的背包。不一会儿，我家先生的额头就开始流汗了。我们边走边呼吸着山间扑鼻的清甜的空气，享受着迎面吹来的轻柔的风，看见满眼的绿色和草丛里的一簇簇美丽的小花，渐渐地被周围的环境、周围的人所感染，不知不觉中加快了登山的脚步。

儿子说："看我们一家人多和睦啊。"先生听了故意重复着这句话，牵着我和儿子的手，笑眯眯地朝我看了一眼，我微笑着回应："是啊，平日里都各忙各的，在一起闲聊玩耍的时间特别少。"正在感叹时，儿子说："这只小狗怎么老是跟着我们呢？"我们转过身一看，果然有一只小狗跟在我们身后，灰白的身子肉乎乎的，小小的黑鼻头，蛮可爱的样子。我回答道："这肯定是别人家的，它先跑上来了，把它的主人丢在了后面。"那只小狗后来一直跟着我们，我们走它也走，我们停它也停，而且它登台阶的样子着实有趣，由于个子小，它先是将两条前腿往上一迈，而后两条后腿马上跟上去，小屁股随着四条腿的动作一颤一颤的，很认真很努力的样子，周围的人都被这小狗逗乐了，增添了不少登山的乐趣。

我们停下来休息的时候，小狗也安静地匍匐在我们身旁，小眼睛也不朝我们表示一点请求或友好的神情，好像习惯了似的，看来与我们是有点缘了。我半开玩笑半认真地对儿子说："如果它一直跟着我们，我们就把它抱回家去。"儿子听了高兴得不行，对小狗投入更加关切的目光，还从背包里拿出矿泉水倒在地上唤小狗来喝，可小狗一点儿也不领情，它只是默默地陪着我们。到了后来，都不知是它依赖着我们还是我们牵挂着它了。等登完一段又陡又长的台阶之后，我们发现了一大块平地，以为是到达山顶了。依着栏杆，山风清凉，吹得人身体透爽，极目远眺，山下的房屋、道路变得很小，颇有"一览众山小"的畅快。

与一座山相遇是一种缘，而若在这座山的山脚下工作了大半辈子，这缘分可谓至深至切了。我喜欢默默地感受阳台山的前世今生，感受这座山给予我的自然的滋养。面对人世间的沟沟坎坎，希望自己有山一样宽阔的胸襟和百折不挠的勇气。阳台山如今又开发了新的山道，增设了阳台山风景区的地铁线站点，人们去阳台山更方便了。登山累了，来到山脚下的广场，坐在文化名人"胜利大营救"主题雕塑的石阶上歇息，读着石碑上记载革命历史的文字，回想一下阳台山的英雄故事，山风吹拂着花草香，听着树上的鸟鸣，再想想现如今平静美好的生活，深感岁月静好。

潮湿的春色

　　三月的天气仍旧带着一丝寒意，阳光从厚厚的云层里钻出来，一转眼又不见了。四周一片灰雾弥漫，双手触摸到的一切潮乎乎的，可脑袋上的发丝干燥得如同缺乏营养的枯草。本该是阳春三月的秀色，却被这湿润灰蒙的天气弄得模糊不清，此时，自然而然地会生发出低沉的心绪，犹是晚间寂静时分，被王英琦的一篇笔调凄婉的文章所感染，不知不觉就已沉溺于这潮湿的春色之中了。

　　这是一篇题为《大师的弱点——天才女雕塑家卡米尔》的散文，写的是一个女人、一位天才女雕塑家的故事。卡米尔，生着绝代佳人的前额、一双清澈如海的深蓝色眼睛、一张倨傲精致的嘴、一头簇拥到腰际的赤褐色秀发……十二岁的她，就表现出惊人的艺术天赋，立下了"我要当雕塑家"

的宏愿。十九岁的她，凭着其天赋与美貌，征服了四十七岁的雕塑家罗丹。于是，在一个明媚的春日，她来到罗丹的工作室工作，开始了全新的生活，罗丹已然是她艺术生涯中最为膜拜的偶像，一个在她生命中灵魂与肉体的领袖。

我相信，爱情之神在那时向他们敞开了幸福的大门，生活中的每一天都充满着欢笑与激情。十九岁，多么青春而美妙的年龄，洋溢着无尽的芬芳与活力，罗丹完全被这位美丽的天才女子吸引，她是他的学生、情妇和"灵感的启示者"，而卡米尔，也默默地站在罗丹的身后，抛开地位与名分，抛开世俗异样的目光甚至是恶意的指责，一心为她的偶像、她的领袖，虔诚地奉献着一切……

然而，人的命运总是那么差强人意。幸福对于卡米尔而言何其短暂。在这其中她付出了常人难以忍受的痛苦，不仅仅是青春和才华，而且不惜被人称作"母狗""女妖精""狐媚子"，不惜充当"未婚母亲"的角色，这样的没有阳光的生活长达十五年之久。十五年后的罗丹，已成为"鸿儒云集、名媛簇拥的世界级艺术大师，接受着世界性的礼赞、勋章、邀请"；而十五年后的卡米尔，刚届中年，却"生活在与那位大师遥相毗邻的穷街陋巷，在她凄寒简陋的雕塑室里干着粗坯工人的活儿"，三餐"仅靠一点可怜的土豆和白菜汤维持高智能强劳力的雕塑创作"。可想而知，此时她已经与罗丹分手了，也与她生命中的至爱告别了，只因为"她对爱情和事业一样强烈、专注、执着"，她不能背叛自己的人生信仰，更不能失去尊严地苟活、安逸地躲在一个只有躯壳没有灵魂的角落，享受着"大师为她提供的住宅、服饰、仆佣等一切寄生性生活的优裕条件"，那个痴迷于她的罗丹已经一去不复返了，那个她从前认识的罗丹也已经不存在了，明媚的春日随着季节的轮回演绎出的是一颗潮湿的心。卡米尔不能容忍半点虚伪，这是她作为女人，更是作为一位雕塑家的人格品质。这样的品质必定会有一个不幸的结局。一九四三年秋，年近八旬的卡米尔在巴黎远郊蒙特维尔疯人院溘然长逝，死时没有任何遗产，没有一个亲人，只有一张蹩脚铁床和带豁口的便壶。尾声是这样的文字："人们早已忘却了她的名字曾被记载在法国第一流的雕塑家之列，忘却了她就是史诗般的雕塑作品《成熟》《窃窃私语》《沙恭达罗》《珀耳修斯》的作者。"

读到此，不禁令人唏嘘。卡米尔悲凉的一生被深深地刻上了时代的烙印，正如书中所写："十九世纪的法国，人们并不需要干出太多名堂的女性，社会并不看重对雕塑怀有太深挚情的女人。"当卡米尔被人们非人道地软禁在疯人院长达三十年之久，以保证大师的名声不受"玷污"时，她的内心掀起的是怎样一种悲壮的狂潮？而这种狂潮的根源，是一位真正的艺术家对人格品质的坚守、对雕塑艺术求真求道的不变追求。

卡米尔付出的代价是否太沉重了？我们在惋惜哀叹和保持一份敬重之余，不得不深思，大师的"弱点"铸成了她大半辈子的苦痛，而大师的光环又几乎湮灭了这些苦痛。人们注意到，卡米尔的生活，已被那潮湿而混沌不清的气候侵蚀得色泽暗沉……

淡淡的花香

停车场内长着两棵高大的树，笔直的树干，青黑的树枝，鲜红的花朵一串一串的，用尽全力张扬着生命的灿烂，远远望去，点染一方春色。

每天中午学校放学时，阳光特别温暖，小勤常常就在大树底下捡起两朵碗口大的红花放在小车的前窗玻璃旁。起初，我怕花里有小虫或别的什么，而且又想着花既然落下来了就意味着凋零，于是随口数落了小勤几句。小勤并不听我的，连续几天，他依旧在地上捡起两朵新落下来的红花，然后坐在车里欣赏，有时候会告诉我说："妈妈你看，这两朵花是连体的，多有意思呀，这是我特意捡的呢！"

我发现了孩子的天真烂漫，慢慢地开始接受这些红花了。开车的时候，红花在阳光的照耀下映射成了双影，看见这一抹飘红，心情也舒爽多了。这样，每天都有新的两朵红花静静地待在小车的前窗玻璃旁，从中午一直到下午，看见它们实在蔫儿得没了一点儿精神，我才不舍似的扔掉，扔掉的时候心里还想着会不会因此伤了小勤那颗纯真的心。

"妈妈，这红花叫什么名字？"小勤问我。是啊，欣赏了几天，还不知道这红花的芳名呢。我打开电脑上网查看，才知道原来这就是木棉花。木棉花素有"英雄花"的美名，在我国两广地区分布很广，春天来时未长叶先开花，花朵硕大富有质感，花开时如同汇成连天的彩霞，映红了天空。宋代诗人杨万里在《三月一十雨寒》一诗中写道："姚黄魏紫向谁赊，郁李樱桃也没些。却是南中春色别，满城都是木棉花。"生动描绘了南国红棉闹春的绚丽景色。

生活在四季如春的南国，每天都能看见鲜花盛开，久而久之竟有些麻木了。晚上小勤在背诵课文："春雨沙沙，春雨沙沙；细如牛毛，飘飘洒洒；飘进果林，点红桃花；洒在树梢，染绿柳芽……"唤醒了我沉寂已久的对春天的感觉。

这天中午，小勤放学后从学校里走出来，手里拿着一朵粉红带紫的花，边走边自言自语地说："嗯，这花有清香的味道。"一听这话，我觉得周围已被淡淡的花香笼罩了。

春来无事且思怀

　　进入春天后天气怪怪的，一天雨，一天晴。连绵细雨、晴空万里轮着光顾南方这座海边城市。看着阳光正探出头来，让还穿着冬衣的人们感觉有些燥热，不想第二天便下起了雨。细雨蒙蒙，倒是平添了几许温润。

　　南方的树一年四季多是绿色的，然而到了冬季，还是显得干巴巴的，看起来缺少水分。即使来这么几场小雨，也没法让它们看起来鲜亮一些。兴许是春节回了趟老家，我尝到了出门走走的乐趣。看见姐姐脸色红润，我想，这正是她时常运动的效果。

　　于是，我得了闲便一个人走山。之所以称之为"走山"，是因为我实在不像一个登山的人。慢慢悠悠的，就像是一个在林中的散步者。先前时常怯于一个人去登山，怕见别人看我的眼神（怎么一个人来登山呢？），所以常因无人陪伴而放弃了登山的念头。这两天，感觉一个人走山也不错。何况除了我，一个人去登山的也是有的。若遇见熟人，打声招呼，相视一笑。原来，人人都喜欢独享一份登山的乐趣。

山不高。前往登山入口处，从停车场出来后往上走，先是走一条长长的、约五六百米的斜坡。有时候，登完这条斜坡就有点气喘了。然后，就是一条一米多宽的登山道，一直延伸到山顶。栏杆两侧除了树木，没有别的什么。此山还不像其他的山，能说出个什么有特点的实物来。有一年春节，我途经衡山的时候，看见那里的山石、溪流掩映在灌木丛中，便想起去年走的那条在阳台山上新开辟的山道，看见山石、小溪欣喜的样子，一比较还真不能比。唯一值得欣慰的是，阳台山我每天都能看到它，到目前为止没有过多人为之渲染的痕迹，看起来很安静。

台阶路一段接着一段，山道还是有点陡的。我慢慢地往上走，走到观看水库的最佳位置，发现水库里的水明显少了。我曾经形容它为"翡翠"。很多时候，我看见它，感觉就像万木环绕的一块天然的宝石，蓝绿相映，阳光淡淡地洒在水面上，微风拂过，泛起细细的波纹。

一个人走着，脑袋里就会胡思乱想起来。不知怎的，我想起了梭罗，想起了他的瓦尔登湖，想起了他的野果。热爱自然的他，应该也常常在林中漫步吧。再比如，汪曾祺的"无事此静坐"，我觉得很有深意。这是源自苏东坡的诗句："无事此静坐，一日如两日。若活七十年，便是百四十。"这里面有诗人对人生苦短的感叹，也有诗人追寻人生意义的情怀，充满了洒脱与豪气。光阴似箭，好像一切都是一眨眼的工夫，而每一天似乎是一样的：太阳从东边升起，从西边落下；清晨我们迎着阳光出发，忙碌一天后伴着月光回家。这个过程仿佛太匆匆了，匆匆得还来不及驻足，就已被什么东西追赶似的马不停蹄地向前奔走。

"无事此静坐"是一种心态，"一日当两日"是积极的生活方式。在纷纭的世事中，珍惜光阴者，并不一定是一味地埋着头往前赶路的人。

所以，对于山，我并没有多少攀上山顶的欲望，只喜欢走走停停，看看沿途的风景。我喜欢清静，不喜欢热闹，在外人看来总像是怀有心事，其实不然。也许，每个人都有他的另一面，有一个不被人打扰的心灵空间。现实中，身处热闹也好孤独也罢，内心都需要一片安宁的天地，来好好想想自己正处在什么状态、离开最初的理想已有多远、是走偏了还是留在了原地。

因此，我也喜欢走在山野和林间，看自然界的天然之物。许是命运使然，我离开城市，长居小镇一隅，虽不能融入真正的乡村生活，但拥有一份乡村般的宁静，不自觉中逃脱了一些外在的烦恼，而日渐心安理得了。

我有时也喜欢一个人偷空在单位的后山坡上走走。山坡面积不大，几条小路枝枝丫丫的，一下子就能走完一圈。山坡周围是繁密的树木和草丛，也叫不出什么名字，只感到空气中弥漫着淡淡的植物气味。下午的时候，总见有人在几处椅子上休息，亭子里，几个闲人围坐在一起玩扑克、下棋，有时还大声吵嚷着。健身路径上，孩子们在玩耍。感受着这活生生的闲适的市井画面，不禁想，生活不就是这样吗？

我是个喜欢怀旧的人。不记得是哪一年，我在老家的时候，突然想去曾经工作的地方看看，于是坐上电车到达目的地。走在水果湖的林荫路上，两旁高大的梧桐树唤醒了我一些模糊的记忆。世间事往往如此，如果记忆里的东西不再被触摸，那么许多事就真的如过眼云烟，随着时光的推移慢慢消减，甚至忘记。比如当我走在阳光斑驳的街道，看着既熟悉又陌生的物景，总是希望回想起一些旧日生活中的细节，然而，那些流年碎影如风中的飞絮，大多飘散得无影无踪，只化作了几声感叹和怅然。但转念又想，一个人的秉性与喜好，无论经历了多少年多少事，也不会因岁月的流逝而改变，不论在哪儿，其内在的精神追求都是一个不断成熟的过程。时间会让人的内心越来越丰盈和自在。眼前的许多都是新的，路桥、楼房、商店、公园以及擦肩而过的人，我用手机随手拍下许多画面，或向人问路，或与人搭讪，心里偷偷地乐着：这么些年过去了，再旧地重游，大概没有人认识我，而我对这里的感觉如此亲近，这种感觉难道不美妙么。走在长长短短的林荫路上，感觉就像在单位的后山坡，从起点走到拐弯处，又从另一条与之相接的路继续往前走，然后回头望望身后，走过的路被树木衬托得更加幽静，耐人寻味。我喜欢就这样一直走着，好像永远没有尽头。

在异乡，我想念最多的还是母亲。母亲自去年做了青光眼的手术，视力稍微恢复了一点，开始玩起了微信。她每天在我们家的微信群里时不时转发一些不知从哪些网站看到的消息和视频，无非是有关饮食、卫生、医疗、运动，等等。有时候，她不仅发到群里，还将同样的信息单独发给我。不知道她是不怎么会用微信呢，还是心里挂念我这个不在她身边的女儿。每次看到她的转发，我很少回应。母亲也不管这些，继续转发。我们家人的性子都淡，即使我回了趟家，一家人必是要团聚的，但也是清淡得很，说话轻声细语，只有父亲的声音比较洪亮。我们也很少笑得很大声，都喜欢把感情收起来。就是这么一个家，却是我心里最宁静的依靠。

　　我从读师范开始就过着集体生活，工作之后亦然。除了寒暑假一直都是一个人生活。每次回家，按母亲的话说像住旅馆。年轻人玩性大，只想往外跑，想自由不受管束。母亲又是个爱唠叨的人，依我的个性是很不耐烦听她那些唠叨的，说来说去都是老调重弹。后来我离开家到了深圳，倒是离家远了，更自由了，却和母亲走得亲近些。记得那时候还没有手机，没有微信，我寄与父母的书信几乎是一星期一封，父母成了我一个人在异乡排遣孤独迷茫的最为依赖的倾诉对象。

　　母亲今早又转发微信，其实我基本是不看这些微信的，就像我转发给我孩子的微信，他也不看。这或许是天下父母和子女之间的共同秘密，这表示的是一种牵挂，是爱，是报平安，是希望子女不在自己身边时能过得安稳、幸福。弟弟前两天在群里发了一张照片，是母亲，她斜靠在客厅的沙发一角，瘦瘦的身子几乎陷进沙发里，戴了顶卡其色帽子，脸是看不见的，手里拿着手机低头在看。弟弟在群里发出一个笑得泪奔的表情。我把照片无限放大仔细瞧，发现现在我长得越来越像母亲了，眉眼像，笑的时候更像，也是要时常戴个帽子，因为老犯头疼。我看着母亲的照片，想到了我老去的样子，一时不知心中滋味。

母亲真的老了，近几年网络到处宣传要优雅地老去，我想，母亲也是在优雅地老去吧，她还是那么爱学习，那么乐观，也从来不把因身体的病痛或生活的疲惫而产生的不好情绪带给我们。

无论是在走山还是在林间散步，我的脑海里都装满了对家的思念，我以为这是排遣孤独的良方，让我释怀。比如昨日，我一个人走山的时候，眼前出现了又一段台阶路，看起来长长的。前天来的时候我没有走上去。我决定今天要走上去。每次走山都要往前进一步，直到哪一天能轻松地走上山顶。当我走完这段台阶路，登山的人也渐少了。于是我转身返回，下到登山口处，一阵风吹来，树木的香气飘然入鼻，耳畔还萦绕着鸟儿的叫声。

写着这篇文字，窗外正下着毛毛细雨，它们仿佛在说："明天是个晴天，春天的花都开了。"

旅行杂记三章

（一）

七月日记

二〇〇七年的七月份，我们去景德镇、婺源等地旅行，感受可用三个字来概括：热、累、乐。即指天气炎热、爬山辛苦，也还有一路的欢乐。作为喜欢写点文字的人，心想回来后应该记下点什么见闻吧，却始终不知如何动笔，也许是受了炎热气候的影响，印象最深的就是流了许许多多的汗。既如此，还是记录些零碎印象吧。

七月十二日

上午，我们到达千年瓷都景德镇。旅行社安排的活动是逛瓷器一条街。在瓷器一条街上，一个紧挨着一个的瓷器店，琳琅满目。因为对瓷器不了解，我们也只能随意转一转看一看。我对以瓷器制作的画倒是多看了几眼，有古代仕女图、山水画等，其他的大大小小坛子形状的瓷器，堆在一起像是从一个模子里刻出来的，没有给人眼前一亮的感觉。然而，这并不等于它们会遭遇冷落，有不少团友买得一些瓷器回来，准备摆放在家里或办公室里，增添一份雅趣。

　　之后，我们约乘车一个半小时到达婺源。婺源号称是"中国最美丽的乡村"，出游之前就听朋友说那里很美，我还特意在网上查阅了相关资料，资料里介绍得很有特色。到了婺源，自然希望能给自己带来耳目一新的感觉。导游将我们带到一个叫"李坑"的地方，它是一个以李姓人家聚居为主的古村落，村里明清古建筑遍布，民居宅院沿苍漳依山而立，粉墙黛瓦，参差错落。村内街巷溪水贯通，九曲八弯。青石板路纵横交错，以石、木、砖等材料建成的数十座溪桥沟通两岸，构筑了一幅小桥流水人家的美丽画卷，是婺源精品线上的一颗灿烂的明珠。来到李坑的时候，只觉村子由一条小河贯穿着，河水清澈，河上有几座小桥。当时太阳光猛烈，天气闷热，连一丝风也没有，走了几步浑身就已汗湿，遂无心欣赏李坑的乡村景色。村口有些卖西瓜的小贩，他们将西瓜浸泡在河水里，河水成了天然的冰柜。我们站在村口吃西瓜，味道特甜。突然发现村口左右两边各立着一棵枝叶茂密的大树，不知有多少年头了，有人说，这村里的风水好不好，可从这两棵树的长势看出来。

"中国最美丽的乡村"竟是如此么？我不敢相信。也许是没有放慢脚步细细地欣赏吧，都怪这炎热的天气，一路走完有些遗憾。

午饭后，导游安排我们去江湾。江湾不大，一排排白墙灰瓦的民宅、一条条整齐划一的巷道，方方正正，井然有序，安静整洁。摆摊设点的人也不多，商业气息不浓，这是很难得的。据称，江湾的特点是有着"古老的徽派建筑，有东和门、水坝井等历史古迹，极具历史价值"。随处可见农家院子里种植的一些蔬菜瓜果，我几乎全不认得，一个团友发好心，他边走边教我认这是南瓜那是玉米什么的。我一向五谷不分，记得沿途经过一块块田地，我分不清田里种植的是什么农作物，引得团友们连连发笑。

七月十三日

早晨，我们约乘车两个小时到达三清山。这是此次旅行的重要景点之一。三清山坐落于江西上饶东北部，素有"天下第一仙峰，世上无双福地"之殊誉，因玉京、玉华、玉虚三座山峰如三清（即玉清、上清、太清）列坐群山之巅，故名。三清山经历了十四亿年的地质变化运动，久经风雨沧桑，形成了举世无双的花岗岩峰林地貌，奇峰怪石、古树名花、流泉飞瀑、云海雾涛被并称为"自然四绝"。其东险西奇，北秀南绝，兼具泰山之雄伟、华山之峻峭、衡山之烟云、匡庐之飞瀑。三清山有九大景区、十大绝景。由于时间的关系，我们登临的是南清园。先乘坐索道而上，据称是"中国最长的高空栈道"，来回的时间约一小时二十分钟。坐在高空缆车上，沿途只见树木茂密，溪流清澈，怪石嶙峋。时逢一场阵雨，空气透出一点清凉，但仍有热浪不时袭来，身上也总觉得黏糊糊的。我们沿山路的石阶慢慢地向山上走，一边游览，一边拍照。其间的景色，最具特色的有"巨蟒出山""司春女神""玉女开怀""济公撒尿""猴王献宝"等，皆形神兼备，尤其是"巨蟒出山"一景最为逼真壮观，堪称天下一绝。约过了三个多小时，我们走完了南清园，又乘坐索道而下。感觉一个是热，一个是累，小腿肚子已开始打战。

下得山来，不禁有"不识庐山真面目，只缘身在此山中"的慨叹。听说三清宫的景点也不错，只好等下次有缘再登临游览了。

七月十四日

一大早，我们约乘车四个小时前往武夷山。武夷山风景区位于福建省西北部，平均海拔三百五十米，属典型的丹霞地貌，是首批国家级重点风景名胜区之一，被国际旅游组织执委会主席巴尔科夫人称为"世界环境保护的典范"。下午，我们来到了大红袍景区，只见满园的茶树，流动的泉水清澈见底，许多小鱼在水中游来游去。我平日里不喝茶，对茶文化没多少研究，之前对于大红袍更是一无所知，等到了那里才知道大红袍的故事以及它的稀世名贵。"大红袍"这一名字的由来源于中国民间传说中比较老套的金榜题名的故事，但是"大红袍"自然天成的珍贵的确让人叹为观止，世间仅三棵野生的大红袍茶树，生长在九龙窠岩壁上。据介绍，"大红袍"名冠武夷岩茶诸名丛，素有"茶中之王"的称号。其生长地九龙窠，是一条受东西向构造控制而发育的谷地，九座嶙峋岩峰，犹如九条腾空而起的游龙蟠绕其间。在九龙窠两侧有"九龙戏珠""三花并蒂"等景观和半天妖、不见天、铁观音、铁罗汉、白牡丹等武夷岩茶名丛。导游说，"大红袍"每年仅产两千克左右，拍卖起来是天价，人们是喝不上真正的"大红袍"的，只能喝上所谓的二代、三代的"大红袍"。爱喝茶的团友自是不会放过这千载难逢的机会，品茶闲聊，不亦乐乎。

七月十五日

上午，我们首先游览的是武夷山第一胜地天游峰，其海拔约四百一十米，三面环水，登其巅峰观云海，有如天上游。到了山脚下，我们抬头一看，天游峰山体很陡，远远望着正在攀登的游人，被导游戏称为"蚂蚁上树"一点也不为过。因为登三清山还没喘过气来，就先看见高高的天游峰，真令人有点望而生畏。再加上天气酷热，火辣辣的阳光直射下来，叫人不敢抬头。我想，既来之，则登之，硬着头皮上吧。一路上，我们气喘吁吁，汗流浃背，埋着脑袋往上攀爬，因为阳光的强烈，根本无法驻足休憩片刻，更无暇环顾四周美景，待上到山顶，已浑身无力，心里却畅快至极，觉得既征服了天游峰，又征服了自己。

下午，我们乘车抵达星村码头，乘竹筏游九曲溪。武夷山有"三三秀水清如玉，六六奇峰翠插天"的美誉，九曲溪盈盈一水，折为九曲，故得名。此地有"武夷山的灵魂"一说。我们乘坐竹筏顺流而下，清爽的风迎面扑来，这是这几天下来最舒服的一刻了。水流舒缓，溪水清澈见底，我们将鱼食随手一抛，即刻就有无数鱼儿窜出来争食。环顾四周，正所谓"曲曲山回转，峰峰水抱流"，山沿水立，水随山转，山光水色，交相辉映，真是一幅浓淡相宜的山水画。其实，在九曲溪里，每一曲的不同景致都充满着山水画意。这种漂流无惊无险，置身于浑然天成的清秀山水中，静赏着如诗如画的景致，享受着古朴宁谧的自然，身心获得了极大愉悦。

（二）北行散记

我对于中国的北方有些陌生是很自然的，因为从未在那儿生活过。有两三次在那片土地上留下匆忙的足迹，初步感受了气候、风景、文物、古迹等。北方的大地苍茫、苍劲，在途中，我心里总生出一种辽阔空旷之感，尤其是那些树木，长得与南方不同。因为不熟知，还有点神秘感。走马观花看着在那片土地上生活着的人们，他们的穿着、相貌、方言……想象着他们的日常生活是否与生活在南方的人不同呢？

那是二○○九年九月的一次北方之行。当坐在飞机上往窗外看，一望无际的云海，仿佛来到了另外一个世界。

开大巴的司机是个北方人，年纪约在三十岁上下吧，粗壮身材，浓眉大眼。一路上他不苟言笑，只顾开车。当车上的每个人都随着车的轻摇呼呼大睡时，他一人独醒，肩负着一车人的生命安全。兴许是到了他的家乡沈阳吧？我想。后来他渐渐地笑了，神情不再像原来那样木讷。我发觉一个人笑起来是那么好看，有亲和感。当我们在"刘老根大舞台"看完东北二人转，他会笑着问："好看吗？"当我们要进酒店休息时，他也会帮着把行李从车厢里搬出来。

天津的滨海新区由于刚开发，还不见什么规模。在其规划展览馆内看规划设计模型，想来今后的发展前景定恢宏而现代。我们后去海河外滩公园，坐船游览"半部中国近代史"，可能是由于那里有片工业海港，海水真不敢恭维，好像污染严重。

到了津湾广场，见有个中国金融博物馆。这一片原是法国租界。当地导游说，她都不知这里有这么一个博物馆。我们上午约十时左右到那儿，大门紧锁，导游说是天津人生活闲适，俗称"朝九晚五"，即早上九点起床，晚上大概五点就歇业休息。我们都说天津人的生活真是够清闲的了。看见博物馆的大门紧闭，我们便兴致索然，心想连导游都不知道的地方，可能也没啥看头。等导游致电给管理员，那边说是立刻赶来为我们开门。心中感激。门开后，见博物馆不大，上下两层，陈列的多是图片，实物恐怕也是仿制的。不过不虚此观，这座博物馆精致小巧，建筑有特点。里面展示着金融的演变与发展，因不谙此道，也细说不来。倒是对楼道墙壁上印着的名言警句感了兴趣，如"金钱买不到朋友，但可以得到更强的敌人"。

人对物质的渴望，如果放任自流，是无休无止的。说"金钱是万恶之源"，可谓至理名言。

《旅行日程安排》中，有写"在北戴河逗留两个小时"。不想到了北戴河，被忽悠了一把，只是在路过时车游了一下。不过是疗养之地，既然看不到，不看也罢。途经一大片湿地，导游在车上指给我们看，这湿地看起来一马平川。导游说到了观鸟的季节，许多摄影爱好者便会在那里拍照。几近黄昏，斜阳照在湿地上散发出白光，好像也有些鸟儿站在那里。城市当中有河流，有湿地，这座城市就显得不一样了。至少感觉更有灵性。

不见北戴河，大家颇感遗憾。经再三要求，导游把我们带到秦皇岛海港区的一处海边。此时是旅游淡季，海边空阔安静，无人无车。我们走了走沙滩，吹了吹海风，听了听浪涛声。可能因为时常能看到海的缘故，对于这个海边，我们有些失望。

山海关，被称为"天下第一关"。走进里面，面积广阔。一边游览，一边回味原来曾在书中描写或影视剧里看到的一些烽火硝烟的画面。古代打仗靠的是短枪短炮、一兵一卒。凡有战争的地方，必是生灵涂炭，民不聊生。残酷而血腥。为了自由与和平，为了疆土的安定，先人们前赴后继。保存完好的古遗址，记录着英勇与沧桑。这座城市也因有了这些古城墙而显得厚重。站在古城墙上，眼前是一片一望无际的大海，美丽而壮观。

葫芦岛市兴城的古城风貌，感觉与其他地方的古城没多大区别。但据导游说，百战百胜的努尔哈赤却在此打了败仗。

在现代社会，现代化的城市高楼林立，如果不是地标式的建筑，每座城市也都是大同小异。时光永远不会倒流，古城里人去楼空，留下的是历史的记忆，留待后人去观瞻、感悟。

锦州的笔架山，是这次旅途中的一份惊喜。站在海边的广场上，远远望去，笔架山是一个四面环海的孤岛，因山的形状像笔架而得名。乘坐小艇到岛上，船夫把小艇开得飞快，风便在耳边呼呼地吹，船舷两边的浪花翻卷着，急急地向后退去。当然并不太刺激，却也感觉到惊心动魄。笔架山不高，走进山门不久，竖立的一个牌子上有"古建筑群"的字样。带着这样的兴趣沿山路走上去，却并不是一座连着一座的古建筑，只零星伫立着几处庙宇。最高处有座三清阁，据称是全国规模最大的石结构建筑，以道教建筑为主体，集佛、道、儒、伊斯兰多种宗教文化于一身，为中西合璧的上乘建筑。

登高望海，一眼望不到头，四面全是海，人仿佛已融入这片海洋中。

最有趣味和神秘感的是一条"天桥神路"，据说当海水退潮时这条路便露出来，从岛上一直连接到海岸。我们刚进岛时，时值上午十时左右，只是看到了一小片浅滩，但下得山来，却见到了这条路渐渐显现出来后的完整轮廓。完全是天然形成的路，让人不由惊叹。当地渔民在岛边贩卖刚打捞上来的小螃蟹及一些海鱼等海产品。几位女同事与一位渔夫讨价还价，买了好多活螃蟹，带到餐厅请厨师清蒸，我们美美地品尝了一顿海味。

到了辽沈战役纪念馆，印象最深的是前面的大广场内，林荫环绕，小径纵横交错，老人们三五成群，聚在一起唱红歌、打扑克牌、下象棋，悠闲地享受着生活的乐趣。一位老者，自带一个简易的音箱和一个扩音器，自个儿寻一个僻静处，唱起了歌。嗓音洪亮。他似乎不管有无听众，仿佛只是想听听自己的歌声，陶醉其中罢了。

次日早上，我们乘坐三个多小时的车，到了沈阳。天气变得冷起来。我比较怕冷，被冷风一吹，身子有些发抖。其实这一路上的天气都不错，不冷不热，初秋的凉风吹在身上很舒服。旅行团在沈阳参观了张学良故宫博物馆，因为风大，故宫博物馆我没去成。

一路上，我们还品尝了天津的狗不理包子。东北大米很好吃。同伴们说，她们光吃这米饭就觉得很香甜了。每个地方都有特产，我觉得东北的黑木耳好吃，在广东从未吃过那样爽口的黑木耳。

旅途匆匆，要留下很多印象也难。时光淘洗着岁月的记忆，到了以后也会忘得差不多，尤其是些瞬间的感受。于是零碎记录一些，即使是流水账也是好的。人的一生，有的记忆不知不觉就忘记了，有的记忆却在心底里永存下来，成了整个人生记忆中的一部分。

偶尔外出旅游，能感觉到天大地大，人的视界有限，生命置身于广博的宇宙中便显得渺小无比，于是更加感觉到，要珍惜当下。

（三）禅意武当山

二〇一六年的十月，我们来到中国道教圣地之一的武当山。

武当山位于湖北十堰市武当山旅游经济特区，又名"太和山""谢罗山""参上山""仙室山"，古有"太岳""玄武""大岳"之称。来到武当山坐缆车处，远远看见山腰处写着"天下第一山"的字样。据说是北宋书画家米芾所书。米芾被时人称为"襄阳漫士""海岳外史"，自号"鹿门居士"。因其衣着行为及迷恋书画珍石的态度被当世视为癫狂，故又有"米癫"之称。

武当山被称为"天下第一山"，应与其古建筑群有关。资料显示，武当山有古建筑五十三处，建筑面积两万七千平方米，建筑遗址有九处，占地面积二十多万平方米，全山保存各类文物共约五千零三十五件。

明代，武当山被皇帝封为"大岳""治世玄武"，被尊为至高无上的"皇室家庙"。以"四大名山皆拱揖，五方仙岳共朝宗"的五岳之冠的显赫地位闻名于世。它是联合国公布的世界文化遗产之一，是中国国家重点风景名胜，也是道教名山和武当武术的发源地，被称为"亘古无双胜境，天下第一仙山"。

武当山的主峰天柱峰上的金顶，是武当山的精华和象征，也是武当道教在皇室（明·朱棣）扶持下走向鼎盛高峰的标志。可惜因体力不支，我没登上金顶，只好想象"一览众山小"的快意，遥望中国古代建筑发出的神奇光芒了。

对道教文化的了解多来自影视文学作品。我只晓得"道法自然""无为而治"，这种心灵状态属归隐山林逍遥自在的隐士。记得途中，我在微信群里读到一篇文章，是讲儒家文化与道家文化的区别，颇为受益。

在古代，仕途不顺、心气孤高之文人多喜隐逸，归隐山林，逃避尘世，修养心性。在自然万物中寻求一方净土，寻求心灵的宁静。将自己融入大自然，汲取天地的精华与灵气。近来得一句"不雨花犹落，无风絮自飞"，言简意深。自然万物都有其内在的规律，宜遵从、敬畏，并珍惜之。

陶渊明是中国第一位田园诗人，被称为"古今隐逸诗人之宗"。我对他的《移居二首》中"闻多素心人，乐与数晨夕"一句颇为喜欢，深感其傲气洒脱。

这两天又偶读唐代诗人刘长卿的《寻南溪常山道人隐居》，是写寻隐者不遇，却得到别的情趣，领悟到"禅意"之妙处。写道士所居环境的静穆清幽，衬托了道士内心的超尘雅洁。"一路经行处，莓苔见履痕。白云依静渚，春草闭闲门。过雨看松色，随山到水源。溪花与禅意，相对亦忘言。"这样的清幽雅意，权当此次武当山之行的心之所获。

武当山之行，是一次领悟"禅意"的心灵之旅。

内心的风景

　　世间万物，山水自有灵性，都是我百读不厌的内心的风景。

——题记

（一）听雨

好久没静静地听雨声了。

今晨，我从睡梦中醒来，就与这久违的雨声不期而遇。

天际已微微泛白，雨，淅淅沥沥的，打在房顶上、屋檐上、树枝上、地上，滴答作响。我躺在床上，微闭着双眼，想着天还尚早，再睡一小会儿吧，可这雨下个不停，让我无法入眠了。

　　曾经是很喜欢下雨的，尤其是细雨蒙蒙时，一个人漫步湖边、道旁，让细细的雨水扑到脸上、身上，肌肤感觉凉凉的、麻麻的、痒痒的，浑身酥软，沁人心脾。

　　记忆的帷幕拉开了一丝缝隙。想起在家乡的时候，秀丽的东湖是我常去的地方。记得当年，我曾骑着单车沿湖一路狂奔，让雨水肆意地扑打全身，只想淋个透湿才痛快；曾撑起一把雨伞漫步在花香漫溢的小径，看雨中的柳树在湖边婀娜摇曳，探出细细长长的绿色枝条，对着自己映在湖面的倒影顾盼自怜；也曾呆呆地站在湖边，看雨水洒落在湖面上，冒出密密麻麻的小水泡，仿佛有千万条小鱼儿藏在湖水里热闹地嬉戏……

　　记忆里的雨是浪漫而忧伤的，仿佛一曲幽雅的古筝在心海里回旋。或许当年是"少年不识愁滋味，为赋新词强说愁"吧，总喜欢将自己陷入一种缠绵悱恻的情愫之中。

　　后来渐渐地，我对雨有些麻木了。每次下雨就会微蹙眉头，觉得雨给出行带来了许多不便。渐渐地，也少了浪漫的情怀，生活平静如水，现实烦冗沉闷，为了生计每天在灼热的太阳底下疲于奔波，应对周遭一切，搅得人心浮气躁，疲惫不堪。有时觉得自己好像是在茫茫的水面上划着一只单薄的小舟，孤独无助地漂泊着，随时有可能被突如其来的暴风雨吞没。日子一天天过去，我时常反思，这种状态是我所不愿意的，我不能再这样下去，让自己生活在淡漠无味的氛围中。生活应该是灵动而充满朝气的，我应该全身心地投入生活的怀抱，去感受生活中的美和蓬勃生机，去发现人世间暖暖的温情。

于是，我慢慢地学会去除浮躁，静下心来，徜徉于浩瀚书海，去获取知识的琼浆，寻找智慧的力量。闲暇之余，或踏歌远足，去领略大自然天然而神奇的妙趣，滋养性灵；或与朋友们欢聚，交流思想，叙说友情。我开始重新看待每天必须应对的事物，做到用心与耐烦，将自己的聪明才智化作涓涓细流，融入我的工作当中，不急功近利，不急于求成，而只做好一点一滴的积累。我开始重新审视人生的价值和生命的意义，感悟时间的步履匆匆，它有情或无情全在于自身的把握，我应该把时间当作忠实的伙伴，让它为我服务，让我为它填充内涵……渐渐地，我开始有了发自内心的微笑和自信，有了内在的活力与张力，感觉每一天的日子是那么生机盎然，工作着的状态是那么美丽，我还时常惊叹于自己内在的潜能，它们在我积极的进取和创造中被一点一点地发掘及释放出来……

此时，天色已大亮，雨还在继续下着，我飘远了的思绪被这绵绵的雨声拉了回来。清风拂面，空气清新，小鸟在窗外的枝头叽叽喳喳地鸣叫。往窗外望去，见远处的树木在烟雨中绿得朦胧，花坛里的花儿正张开笑脸接纳春雨的润泽，地面上的灰尘被雨水冲洗得干干净净。我不禁对这雨生出了柔情，感谢雨给我带来的清凉，让我找到了诗意。就在今晨，我静静地听雨，心中装满了淡淡的喜悦，仿佛时光也在不知不觉中延长了一倍。

（二）看山

对于山，我总是敬畏与喜爱。

每次去一个旅游景点，我基本上都是看山。去的景点多了，竟看得有些麻木，不知如何说出我对山的敬爱。

有时，往往心里越亲近一个事物，反而不能准确地知晓其独特的美，而当远望，却能感觉出它们的特性，那些深藏着的、只有心灵能感应的东西。正所谓"不识庐山真面目，只缘身在此山中"，如果无法准确地表达心中感觉，那就在心底里沉淀，并不一定要说出来。但是，山的个性、山的精神、山的灵气，会在不知不觉中融入你的骨髓。

古往今来，文人墨客描绘山，总是与雄浑、伟岸、巍峨、博大、秀丽、连绵等词语联系在一起。想来，各个地方的山自有不同的风貌，但它们有着共同的性格。看山，能看出山的力量。奇石嶙峋，苍松翠柏，无论风云变幻，岁月更迭，它们都傲然挺立于自然界，在静默中显示出刚毅与坚忍。每见此景，我都深感山的生命力是如此强大、胸怀是如此广阔、眼界是如此深远。

有山的地方必有水。高山无语，深水无波。山与水相得益彰，相互依偎，遥相呼应。水，又以它的柔韧来显示它的顽强。

古往今来，人们都喜欢寄情于山水，徜徉于山水之间，仿佛身处其中自会生出一份灵气与豪气。"山不在高，有仙则名；水不在深，有龙则灵""看山是山，看水是水；看山不是山，看水不是水；看山还是山，看水还是水"……这些诗句都蕴藏着人生的哲理。如果悟得出来，应该能沾得一身仙风逸骨，达到一个洒脱的人生境界。

那么，当身居尘世纷扰而心生烦闷时，就去看山吧。远望连绵的山脉，或登高"一览众山小"，做绵长的深呼吸，吐出胸中郁闷之气，此时你或许会发现，你在山之中，你在山之上。

（三）观云

在深圳，夏天的天空特别蓝，白云如絮漂浮，变换着各种姿态。感觉这种景象在繁华喧嚣的城市中有点儿久违了。最令人着迷的，还是一团一团的白云，我想，如果天空只有蓝色，恐怕缺少些什么，正如一方美丽的风景，如果没有人群的往来、如花的微笑、健康的朝气，没有小动物自在快乐地栖息、嬉戏，没有动与静的融合相宜，这一方美景也实是太为空洞和呆滞，失却了灵动的韵味，那么，这一团团的白云，在我的眼里，就是蓝天上的小精灵了。飞絮似的绵软与憨厚，幻化出千姿百态的模样，怎么想象也是不为过的。如奔驰在草原上的骏马，如大海里翻卷的浪花，如碧波上鼓起的白帆，如一群天真烂漫的孩子……看到这样美的天空和白云，人的心情总是格外地清爽。然而，在城市中行色匆匆的人们，大多只顾着紧张地朝前赶路，根本无暇停下脚步欣赏这蔚蓝的天空和姿态万千的白云。

　　或许只有童真的眼才不会让美丽的瞬间溜走？孩子会说"看，这朵云像大象，还拖着一条长长的鼻子""那朵云像骄傲的大公鸡，哦，变了，变了，现在更像一匹漂亮的小马驹"……而此时，听见孩子的话语，成年人兴许只是匆匆地瞅一瞅那云，甚至笑孩子的大惊小怪，竟与他小时候一样。

　　是否成年人已失去了看云的心情？人一旦到了成年，就变得越来越"实际"和"深刻"，"实际"到没有想象，"深刻"到没有感动，满脑子都想着工作、生活、人际关系。孩子有的童趣，仿佛如烟往事，已沉到心底里了。

　　现代人与自然的关系越来越疏远，每天看见的是鳞次栉比的高楼、密集如织的车流、熙熙攘攘的人群，不管愿不愿意，每天都要做琐碎的重复的事，每个人都被城市的"旋风"席卷着，完全地身不由己。我们多久没有好好地驻足观赏一处风景了？即便是顺应潮流，跟着旅游团游历名山大川、江河湖海，也多是脚步匆匆，一时的陶醉也会随着时光的流逝而渐渐淡忘。蓦然回首，其实，我们的生活不也一直是这样匆匆的吗？匆匆地赶路，匆匆地做事，匆匆地过着每一天，正如那成年人面对孩子的话语匆匆地瞅了瞅天空中的白云一样。

　　在这匆匆的过程中，值得留住的是看云的心情与孩子面对世界的态度，我们在匆忙中终日奔赴，有时也应像孩童一样，带着童真、新奇、欣赏与感动，领悟那生命的本源和大自然的风情万千。

（四）望海

大海，该如何说呢，每次见到海，我的心情就会随着海浪起伏。

夜色中，我踏着静谧，走近海。海一直在那儿，无论我想还是不想。四周的气息带着海的咸味儿，和风中的海面相融，显得深广而神秘，那涌向沙滩的银白色海浪时时发出哗哗的声响，告诉我海的密语。

海，是广阔的。这次遇见海，先是在夜晚。夜幕下的海很黑很黑，黑得让我有点惊慌。远岸的一束束灯光虽然耀眼，却照不亮这漫漫的一片黑。这样的黑昭示着什么呢？魔鬼？苦难？丑恶？还是孤单？我多么不愿意去想这些个令人沮丧的事物。海是大自然给世间的恩赐，一个单纯的存在。而我，静坐于海边，望着海，感觉到了与海的亲近，如果此时能与海对话，那么，海将属于我，是我忠实的朋友。时光稍纵即逝，心灵的寂寥无时不在，我实在不应该将灰色的情绪带给海。海是那么的坦荡与宽厚，夜幕下的海虽然很黑很黑，但这样的黑，深沉、庄重，让人敬畏。

在静谧的夜色中听海，还有美丽的月光陪伴，可以任由我遐想，安静、甜蜜、忧伤……总之，一切感觉都是美妙的，有幸福和爱的悠长的况味，似一曲缠绵的箫声，在心底回旋。

然而，白天阳光下的大海，却是另一番景象。蓝蓝的海面，还隔好远就能听到随风飘来的海浪的欢笑声。听着这欢笑，会身不由己地往海的方向走去。面对着这一望无际的大海，就有着难以言说的冲动，恨不能立刻投向海的怀抱，让海水紧紧地包裹着自己，浸润着身体的每一寸肌肤，让体内的每一个细胞都舒展开来。在海水里游来游去，想象自己是一条活泼快乐的鱼儿，机敏而又自在。我的呼吸也因此无比酣畅，想来，还有什么比这酣畅更为透爽的呢？

一个凉爽的夜晚，我和一帮朋友来到海边，月亮躲躲闪闪地在厚薄不均的云层里穿行。我们赤脚走在海滩上，细密的海沙柔软且渗透着清凉，任凭我们在上面留下一串串清晰的足迹。人们的说话声似乎变得轻软而飘渺，眼前看见的、耳边环绕的是那一波又一波的海浪翻卷的模样与声响，海浪时而急促，时而舒缓，时而野性，时而温柔，那声响也随着海浪顽皮的举动弹奏着节律有致的乐曲。我随着人群慢慢地在海滩上走着，心思却早已飘到了海的深处。其实，在这海滩上最大的趣味，莫过于静静地凝视这翻卷而来的海浪，静静地聆听这自然的声响了。

远处，有人在放焰火。焰火在半空中绽放开来，五光十色的火花一瞬间映照着天空的一角，随即滑落下来，那天空中突然闪亮的一角也随之黯淡下去。接着，又一簇火花在半空中绽放，随即滑落、黯淡。人们仰视夜空，惊叹这瞬间的美丽，而海却总是那样深邃而神秘，它包容着这一切，它自信而且乐于让人们享受只有它才能给予的宁和与欢乐。

海风徐徐，踩着海沙，亲近海浪，让沁人心脾的海水浸透赤裸的双脚，而后，松软的细沙追着海浪而去，脚下滑出了一道深深的如脚掌那样宽的小沟，这种感觉给了我孩童时感受过的惊喜。

　　而此时，最大的感觉是海给予我的孤独的滋味，它让我默默地在心里怀想，想念着我的母亲，品味着我的人生。而在这世上，不管别人是否懂得，我都有一片属于我一个人的大海。

人文之旅

——南欧、北非之行散记

二〇〇五年三月初，早春的气息仍旧带着冬日的余寒。我们随南欧、北非文化考察团一行，兴致勃勃地踏上了飞往异国的航班。此行的目的是考察文化产业，历时半个月，途经葡萄牙、西班牙、摩洛哥等几个国家的重要城市，目睹了由于历史文化的积淀所赋予这些城市的独特魅力。这是一笔不可估量的、值得珍视的人文财富。

里斯本：欧洲的乡村城市

里斯本是葡萄牙的首都，坐落在特茹河入海口北岸的七个山丘上，有"七丘城"之称。面积约八十三平方公里，濒临大西洋，是葡萄牙的政治和文化中心，同时也是风光秀丽的旅游城市。里斯本素有"欧洲的乡村城市"之称，其城市的布局与中国的澳门极为相似，街道虽较为狭窄，但整洁明净。路上的行人很少，只见一辆辆品牌和款式各异的小汽车排成长龙，整整齐齐地停靠在马路边，形成了一道独特的城市景观。

当地导游叫玛丽亚，是位具有典型欧洲血统的金发碧眼的女子，会说诸如"谢谢""再见"这样简单的中文。在她热情的带领下，我们来到了一座据称是一九○二年由著名的埃菲尔铁塔设计者设计的圣塔·加斯塔电梯，高度约为一百四十六米。乘电梯登上观景台，里斯本的全貌就展现在眼前。里斯本看上去并不十分繁华，房屋建筑也较为平民化，没有国际大都市的风采，说这儿是乡村城市一点儿不为过。之后，我们参观了具有古罗马建筑风格的乔安二世广场，富有阿拉伯色彩的贫民区、修道院以及以自由战争胜利日命名的"四月二十五日大桥"，可以说每一处景点都记录着一段这座城市的历史，显示出浓厚的旧时代气息。

里斯本有许多的纪念塔和纪念碑，其中的航海纪念碑，造型优美，宏伟壮观，远看好似航行在碧波万顷中的巨型帆船。在广场的水泥地上，在能工巧匠们制作的一幅巨大的世界地图上，清晰地标出了葡萄牙航海家远航世界各地的年代、地点和航线，使游人对葡萄牙航海史一目了然。还有亨利纪念碑，是为纪念亨利在十五世纪对葡萄牙航海事业做出重大贡献而建造的，也是一艘石刻的大帆船，亨利的雕像屹立在船头，四周站立着协助亨利的船长、地理学家、数学家、木工等人物。

雕像，栩栩如生，再现了当年葡萄牙航海家周游世界、搏击风浪的英雄壮举。

接着，我们来到了欧洲大陆的最西端——"欧洲之角"。这里三面环海，海水蓝得纯净，没有一点儿杂质。海风却大得惊人，不仅吹得人摇摇欲坠，气温也奇冷无比。我们个个都缩头缩脚的，待了一会儿就再也待不住了，赶紧往回撤。十六世纪的葡萄牙著名诗人卡蒙斯曾在此留下诗句："陆止于此，海始于斯。"表达出诗人当年驻足天涯海角时的万丈豪情。在这样的一个自然环境里，我们可以想象当年的航海家们经历的是怎样一种波澜壮阔的场面。

塞维尔：妖娇柔美的城市

从里斯本乘坐旅游大巴前往塞维尔，除了一小段省道，一直都在高速公路上行驶，大约走了五个小时的车程。沿途经过的一些小城镇，风景优美、宁静。广阔的田野上，一群群牛、羊、马悠闲地吃着草，远远看去好似一幅田园风光的油画一般，让人产生无限遐想。

西班牙被称为"出口阳光和海滩的国家"，我们刚到塞维尔时，就感觉到这里阳光的魅力。太阳朗照，衬着瓦蓝瓦蓝的天空，使整座城市抹上了十分艳丽的色彩。微风徐徐拂面而来，令人神清气爽。城市的氛围与里斯本也有着天壤之别，这儿人来人往，车流穿梭，显示出其繁华的都市景象。

塞维尔是西班牙阿拉伯式建筑风格的古城。从新石器时代起，历经希腊、迦太基、罗马、汪达尔、阿拉伯的殖民统治。我们来到曾经举办过一九二九年世博会的西班牙广场，据称，这个广场是西班牙全国最开阔、造型也最独特的广场。一栋呈半弧形的红砖建筑，非常别致，也显得气势逼人。在建筑物和中央圆形大广场间，有处半月形小运河，上有四座以瓷砖砌成的拱桥，既古典又浪漫。半圆形的拱门扶手下方，有五十个绘有西班牙各个城市特征及历史事件图案的瓷砖。

历史往往折射出一种文化的力量，展示着一座城市的厚重之感。广场上的仿古四轮马车、历史悠久色彩生动的故事瓷画、美丽的西班牙女郎、天真可爱的孩子……浓郁的怀旧气息与明丽的新生事物如此完美地融合，所表现出来的应该是旧时期文化的传承与新时期文化的延续。

据导游介绍，以"西班牙广场"之称命名的广场在西班牙的许多城市中都有，有的甚至更好。不过，"塞维尔是一座妖娇柔美的城市"这句话，我们还不太理解，也许这座城市的风格是以细腻、温婉、秀美而著称。毕竟是匆匆过客，我们只好带着疑问，继续前行。

直布罗陀：地中海猕猴的家园

直布罗陀是位于地中海沿岸一座美丽的半岛。岛上风光旖旎，在岛上俯瞰广博的海面，海水蓝得出奇，在阳光的照耀下泛着粼粼金光。

　　岛上还生活着许多只猕猴。据资料记载，直布罗陀海峡是大西洋和地中海之间唯一的海上通道。自一七一三年登上直布罗陀后，英国就一直在这里驻军。而在英国国内一直流传着这样的说法，即当直布罗陀的地中海猕猴全部消失时，英国也就失去了对这个地方的控制权。英国前首相丘吉尔本人对上述说法也深信不疑。二〇〇四年，英国国家档案馆内的一份解密文件显示，第二次世界大战中，由于"近亲结婚"，直布罗陀的地中海猕猴数量一度锐减，最少时仅剩七只。一九四四年，丘吉尔郑重其事地向直布罗陀的殖民地长官下达命令："务必保障、改善地中海猕猴在直布罗陀的生存状况。"

　　其实这些猕猴的模样十分大众化，但它们并没有被任何人为放置的障碍物给禁锢住，它们可以由着性子在岛上攀爬、玩耍、寻找食物，好似它们即是岛上的主人，岛即是它们的家园。晴朗的正午时分，当游人驱车来到岛上，一路可看到猴子在石头上惬意地晒着太阳、相互抓着身上的虱子。一只顽皮的小猴子窜到小车的顶篷上，稳稳地坐在上面，小眼睛还东张西望，旁若无人的样子，弄得金发碧眼的外国人一脸的无奈，赶走吧不行，不赶走吧还不知它要待多久。路边的石头上也有一只猴子，那模样可谓是"美猴王"了，浑身长着金色的毛，光滑鲜亮，神情悠然自得，惹得许多游人纷纷拿起相机上前与它合影。

卡萨布兰卡：哈桑二世清真寺

摩洛哥是非洲最古老的国家之一，不过当我们乘坐渡轮来到这个国家的时候，感觉并不十分好。人生地疏，语言不通，特别是当见到一位高高大大、表情严肃的当地导游时，大家的神情都很紧张，不安全之感油然而生。最可气的是我们遇上了一个小偷，小偷在众目睽睽之下准备抢一位团友的手提包，虽然被大家喝止住了，但多少让人心情郁闷。幸亏全程有赖导在努力地调和气氛，大家的情绪才变得好转起来。

赖导的英文名字叫"托米"，台湾同胞，五十多岁了，性格很随和，身材不高，眼大嘴阔，长得很精神。据他说，他早年就移居马德里，做过餐厅老板，当过电影演员，经历非常丰富。托米十分敬业，却也很固执，每次我们一坐上旅游大巴，他就开始滔滔不绝地介绍即将前往的景点情况，一直讲到大家昏昏欲睡、鼾声盖过了他的说话声为止。后来托米终于发现，他的开讲总是成为大家的"催眠曲"。当然这只是个笑谈，毕竟通过他的介绍让我们了解了许多当地的历史故事。

我们前往的城市叫"卡萨布兰卡"。"布兰卡"是白色的意思，"卡萨"是房子的意思，联系起来理解就是"白色的房子"。

卡萨布兰卡是摩洛哥的第一大城市、工商业中心及金融商业贸易中心。其实这座城市的闻名于世应追溯到一部四十年代的电影《北非谍影》。这部影片获得一九四三年度第十六届奥斯卡奖最佳影片、最佳导演、最佳剧本三项大奖，并成为经久不衰的二次世界大战主题的爱情片。女主角由著名影星英格丽·褒曼担任，由此更加大了其国际影响力。我们来到了《北非谍影》当时的拍摄现场——凯悦大酒店，里面一楼的酒吧里还保留着拍摄这部影片时所用的道具，如飞机、座椅等，还有一些大型剧照，都保存得十分完好。

随后，当地导游将我们带到号称是"世界第三大耗资超过六亿美元的哈桑二世清真寺"。据资料记载，一九八〇年摩洛哥国王哈桑二世在其寿辰之日宣布，要建造一座"伊斯兰世界西边最远处的清真寺"，于是全国在卡萨布兰卡市南海上建造了一座占地面积仅亚于麦加禁寺的第三大清真寺，并于一九九三年建成。其占地两万平方公里，能容纳两万五千人在内做礼拜，寺外可容纳八万人。其尖塔高两百一十米，是全球最高的寺。虽然哈桑二世清真寺是一位法国建筑师所设计，但其建筑特色却是地道的摩洛哥传统风格。该寺还安装了不少现代化的设施，如电门、加热地板、滑动天花板及激光灯等。实际上，这座外表看起来很普通的清真寺，里面的装饰却十分精美，装饰材料也非常讲究，整个氛围显得虔诚而又庄重。

这一天的用餐，我们去的是一间地道的摩洛哥民宅。穿过一个小里弄，从一个没有任何体面装饰的门口进去。进去时才发现里面却是别有洞天，只见一间像蒙古包的房屋居室，古色古香，颇有些特色。最让人耳目一新的是一位美丽的摩洛哥女郎，她的名字叫苏哈，神情与气质像圣洁的修女，面容姣好，身材高挑，大大的眼睛像会说话，嘴角永远挂着恬静的微笑，就连几位女士都被她的风采所陶醉，更何况男士。尽管摩洛哥的餐饮实在不敢恭维，但有可爱的苏哈在人前人后忙来忙去，使大家的心情很愉快。

阿尔罕布拉宫、米哈和爱神木

　　清晨的格拉那达，沐浴在浅柔的朝阳中，一切显得洁净和安宁。几天下来，一路陪伴在我们左右的司机老大说是要带我们去一个好地方，即西班牙人传说中梦想的白色村庄——米哈。这位司机老大已有六十多岁，身材矮小略胖，心地善良，车技高超。他还喜欢讲些笑话，说话时比手画脚的，做出夸张的表情，是个很风趣的老头儿。当车绕着盘山路，我们向车窗外望去，见一簇簇的白房子在云雾的笼罩下，朦胧、飘渺，仿佛远离尘嚣的一片净土，又好似人间的仙境。走进这"人间仙境"，呈现在眼前的是一片片白色的别墅群，还有错落有致的小道、石梯。然而居住在这儿的居民似乎很少，也许年富力强的年轻人都出去工作了吧。但这里宁和温馨的环境，与山、与树、与自然浑然一体，真是块可尽享天伦之乐的沃土。

　　然后，我们前往格拉那达的阿尔罕布拉宫殿。据称，格拉那达是现今保存伊斯兰教文化最完整的城市。阿尔罕布拉宫殿建于十四世纪，是世界第九大遗产。这原本是摩尔人作为要塞的宫殿，堪称是西班牙的伊斯兰教艺术瑰宝。它由一系列的庭院、天井和房屋组成，里面设计得错综复杂的镶嵌式墙壁和天花板使整个宫殿的布置显得极其豪华。其中位于中王宫里的狮子中庭，是由一百二十四根大理石柱围成的，中央有一个喷水池，周围环绕着十二只狮子状的出水口，很有名气。当年这座象征着格拉那达王国显赫地位与辉煌成就的宫殿，其豪华的建筑与装饰，曾令国人赞叹。西班牙诗人洛尔迦曾赞叹："世界上没有一件比生在格拉那达当瞎子还要悲哀的事。"

托米还教我们认识了名叫"多斗"的爱神木，其实就是一种长得很普通的园林式翠绿植物，如果不是托米的特意介绍，我们无论如何也不会将这种植物与"爱情"两个字联系在一起。据说是当年的国王与王妃的爱情信物。看到托米摘到"多斗"时那爱不释手的样子，可以想见他是个情感丰富、崇尚爱情的男人。

弗拉明戈：西班牙的国粹

斗牛和弗兰明戈是西班牙的两大国粹。前者是一种人与动物的竞技表演，以生命为赌注，充满了戏剧性；后者更象征着一种抽象的艺术，舞蹈者配合着狂烈的音乐，每一举手投足，都强烈地把一种近乎原始人性的感情毫无保留地表达出来。

我们只是经过了几家斗牛场，没有机会在现场观看一次真正的斗牛表演，感受一下激烈而疯狂的场面，难免有些遗憾。晚上我们本打算去一家剧院看舞台上的弗兰明戈舞，然而，司机老大执意要带我们去另一个地方，我们拉不下面子，想着司机老大的一路辛苦，于是随了他的意。不过也不枉此行，我们观看了一场地道的民间弗兰明戈舞。说是"民间"的，是因为其演出的场地是吉卜赛人居住的房子，有点儿像我国陕北的土窑，又像是一个密不透风的小山洞。我们贴着墙面围坐在这个小山洞里，中间留出的狭长空地就是表演的舞台了。

吉卜赛人说："弗拉明戈就在我们的血液里！"我们带着极大的好奇，观看了两组表演。四五个人组成一组，年轻的和年龄大的搭配在一起。如此近距离地观看表演，使我们真切地感受到弗拉明戈原汁原味、激情遒劲的魅力。舞蹈的开场，都是由一个女人缓缓走出来，眼神落寞，当她舞动的时候，表情依然冷漠，舞姿却与表情截然不同，热情奔放。关键的舞蹈动作还在于脚上的功夫，舞者穿上一双特制的舞鞋用力踢踏，发出有节奏的响声，类似于踢踏舞，然而上身的动作却有点像西班牙舞，体现出一种激情洋溢的张力和特有的魅力。往往是两三个人轮流主跳，有一个吉他手，有一位歌者，还有一个人用力敲打着鼓点式的节奏。无论是歌者还是舞者，他们的眼睛里都流露出忧伤、痛苦、落寞甚至是仇恨的目光。看着他们的舞蹈，听着动人而略带忧伤的音乐，在场观众的心灵受到了某种振动。导游说："弗拉明戈是一种最能享受音乐，并且将音乐掌握得最精确的舞蹈艺术。"的确，它所表现的是歌、舞和吉他音乐的完美结合，也代表着一种豪放不羁的生活方式。响板是演出的必备道具，据说，舞者手中响板的应和，表达的是男人与女人之间的对话，更把男人与女人的故事用舞蹈的方式说得委婉动听。我们看到，年龄大点儿的舞者和歌者，虽然外表看上去不像年轻人那样可人，但凭着其深厚的舞蹈功底与丰富的人生经历，所表现出来的味道就非同一般。

马德里：气度不凡的城市

我们游览了历史名城哥多华，参观了以西班牙著名作家塞万提斯所写的世界名著《堂吉诃德》的故事作背景的广场雕像，以及同样以此作背景的、白色风车遍布的康修加维，然后带着对"堂吉诃德"这一人物的记忆，于晚间抵达西班牙的首都——马德里。也许一路上看得较多的是郊区小城镇的风景，人烟稀少，但一到马德里后，明显感觉到这里的气度不凡，夜色已深却仍旧灯火明亮，人气很旺。托米的家就在马德里，因此他到了马德里自然是如鱼得水，高兴之情溢于言表。他热情地邀请我们去酒吧喝酒，我们见他有如此诚意，不好扫了他的兴，就跟随他找了好几家酒吧，但都要排队，可见当地生意不错。最后我们选择了一家托米推荐但看上去门面很窄小的酒吧，进到里面像进到一个地下室，灯光昏暗，在里面泡吧的几乎全是年轻人，有的看上去还像学生。托米让我们品饮了这儿有名的"火山爆发"。所谓"火山爆发"，就是将调出来的酒（也喝不出是哪几种酒调成的）装在一个大罐子里，再插上几根长长的吸管，每个人都从大罐子里吸。其实这种"火山爆发"式的喝酒，很适合热恋中的情侣，而我们对此觉得不太适应。不过，既然来了就体味一下这儿的风情，也是不错的。最让人不可思议的是，当我们走出窄小低矮的酒吧门口时，看见外面竟有六七十人排着长长的队在等候。

第二天，我们参观了哥伦布广场、埃及公园、大皇宫及杜丽多古城。杜丽多古城是一座以文物古迹见长的文化城，也是现今欧洲保护得最好的古城之一，全城没有一处现代化的建设。大皇宫建于一七六四年，占地约两万两千平方米。整个建筑全部由白色大理石砌成，气势雄伟，典雅壮观。殿内陈设富丽，既是王宫，也是一座艺术宝库，里面珍藏着大量的油画、壁毯、古家具等文物及艺术品。我们参观了宫内的宴会厅、皇帝寝宫、画廊、大理石雕像等，感觉其装饰真可称得上是美轮美奂、金碧辉煌，显得非常气派。这些保存完好、彰显着这座城市历史风貌的景点，充分显示出西班牙人尊重历史、保护历史的可贵精神。

托米讲述的一段关于马德里广场"胜利女神"雕像三次断臂的故事，也证实了他们的这种精神。其中一次是有位当地的年轻人因喝多了酒，故意将"胜利女神"的手臂折断了，后来打官司的时候，引起了社会的争议。人们纷纷议论着：是"胜利女神"的手臂重要，还是这位年轻人的前途重要。然而，当地政府认为：一个不懂得珍惜民族历史、不懂得爱护城市公共环境的人，其文化修养可想而知，还有什么前途可言？必要的惩治手段是对这位年轻人最好的警醒和教育。于是，该政府依照西班牙的文物保护法，给这位年轻人判了刑。由此可见，西班牙对文物保护的重视程度。

拥有众多的广场应该是马德里最明显的特征。城市中有三百多个漂亮的广场，喷泉、雕像、纪念碑、花草绿树，都是可供人们悠闲栖息的场所，也包括通常被看作是"马德里之象征"的西班牙广场、茜比利斯喷泉、古色古香的米约广场、以大航海家哥伦布之名命名的最大的哥伦布纪念广场等。位于市中心区的西班牙广场，有座塞万提斯纪念碑，还有骑着瘦马的堂吉诃德和紧随其后的仆人桑丘的铜像。西班牙文学因为堂吉诃德这一人物而闻名于世。

三月的马德里沐浴在柔和的春光中。天空湛蓝湛蓝的，白云时疏时密，明媚而亮丽。欧式风格的建筑坚固而厚实，随处可见的广场及城市雕塑记载着这座城市的特有历史文化。凝重的古式城堡与繁华的现代商业街市，在蓝天白云的衬托下显得和谐自然，使这座城市既蕴藏着历史的厚重，又有现代化国际大都市的时尚潮流。这也许正是西班牙人精心营造的、内涵丰富的、立体式的"大文化"氛围吧。

马德里自治区文化局

为了更好地了解西班牙文化产业概况，我们与当地马德里自治区文化局取得了联系，并受到了该局两位副局长和一位民营文化企业家的热情接待。

据介绍，西班牙共分为十七个自治区，由中央政府统筹规划，其具体文化权利下放到各自治区，中央政府负责对外推展文化活动及国际的文化交流。马德里自治区人口约有五十五万，其经济和文化发展水平在西班牙是数一数二的，在西班牙艺术表演方面也发挥着龙头作用。当地的文化局分文、体两部分，每个部分分成几个分局，包括图书、资料存档、历史财产、文化发展等几个方面。舞台艺术的文化阵地主要有剧场、剧院等，以政府出资作为艺术赞助，鼓励社会各类文化企业团体进行展览或演出。为推动文化发展，自治区文化局还办成了一个文化推广网，协助一百七十九个乡镇做好文化策划工作。自治区政府每年还有举办季节性艺术表演的计划，推出公益性、社会性的演出，社会性演出由政府出面负责接洽，并负责一半的活动经费。当然，尽管舞台演出受到了西班牙各级政府的保护，但并不是每位企业家都能得到资助。企业采取自主经营、自负盈亏的策略，将文化展演及推广按市场方式运作，其经济收入也不用上缴政府。

那位民营企业家介绍说，他的企业是目前西班牙唯一与中国有文化交流的企业，曾于二〇〇四年在巴塞罗那举办中国西安兵马俑展览，接洽过广州杂技团、中央交响乐团、上海芭蕾舞团、梅兰芳京剧团等艺术团体。他希望西班牙与中国能有更广泛、更深入的文化交流，让两国人民共享世界优秀文化的成果。

通过参观，大家对马德里的文化发展状况有了些初步了解。然而不知为何，大家不约而同地开始有点想家了。也许是在异国遇见了同行，由此联想起自己所从事的文化工作，继而又想念起祖国和亲人来。在之后的旅行途中，大家在车上都兴致盎然地唱起了中国的怀旧老歌、革命歌曲和京剧片段等。最有趣的是司机老大，他好像听懂了大家唱的是什么似的，在第二天到达安道尔公国时（位于西法边境交界处，地处庇利牛斯山脉心脏位置的一个独立王国），司机师傅竟买了一张京剧唱碟，在车上播放起来，还眯着眼冲着我们笑，我们也笑了起来。如今中国的民族艺术在世界传播，我们每个人的心里都感到特别欣慰和自豪。

萨拉戈萨：英雄人民的城市

我们来到了萨拉戈萨这座城市。萨拉戈萨曾是古老的阿拉贡王国的首府，有两千多年的沧桑历史，历尽战火的洗礼。据资料称，一八〇八年一月二十七日，拿破仑最精锐的拉纳军在围攻萨拉戈萨好几个月后终于实现了突破，然而，让侵略者始料不及的是，在萨拉戈萨城里又遭到了当地人民的英勇抵抗。巷战、茅舍战、马棚战……凡是能藏人的地方都需要经过激烈的战斗才能占领，整整二十一天就这样在拉锯战中血腥地度过，两万名萨拉戈萨守军和三万多名居民为国捐躯。当法军拉纳元帅以胜利者的骄傲进城时，竟被每条街巷内堆积着的尸体惊呆了。他对身边的人慨叹："这是怎样的一场战争啊！我们被迫杀死这样勇敢的人民，这场胜利也只能使人感到忧伤！"站在萨拉戈萨街头，想着当年两国激战的惨烈场面，我们不禁对英勇抗敌、捍卫家园的萨拉戈萨人民肃然起敬。为了如今的和平，他们付出了血的代价。今天的和平是多么来之不易。

圣母教堂广场是老人和孩子的乐园。一只美丽的白天鹅在云集的游人中显得尤为突出。它神态自若，闲庭信步。人们有的在猜测：是否它早有约定，在等待着伙伴，还是单纯地到广场上来散散步，呼吸一下自由的空气，感受一下城市中虽繁华却不浮躁的气氛？终于有人忍不住好奇，慢慢地走近了它。它还是本能地戒备着，微张着翅膀，迈开大步，轻盈而优雅地跑开了。

还有上千只素有"和平大使"之美誉的鸽子聚集在广场的中央，几十只鸽子偶尔会齐飞起来，飞过人们的头顶。一只雄鸽全然不顾游人的眼光，将翅膀张成扇形追逐着它相中的一只雌鸽，雌鸽也似乎故意停停跑跑，与雄鸽玩起了"情感游戏"。老奶奶和美少妇推着小宝宝的婴儿车，带着刚会跑的孩子，在广场的石凳上休憩。孩子伸出小手，鸽子们就围了上去争抢他手中的食物。这时候，老奶奶、美少妇和孩子的脸上都洋溢着婴儿般纯洁而柔和的笑意。

人与人、与社会、与自然美好和谐地生活在城市中。"和谐"是城市中一道美丽的风景。

巴塞罗那：戴着神秘面纱的城市

巴塞罗那是一座浪漫的城市，被塞万提斯骄傲地称为"世界上最美丽的城市"。一九九二年在此地举办的奥运会让世人瞩目。皇家马德里足球俱乐部与巴塞罗那足球俱乐部，让遍布世界各个角落的球迷为之倾倒。更重要的是，巴塞罗那是一座戴着神秘面纱的城市，那是因为这座城市孕育了许多天才，现代艺术巨匠毕加索、达利、米罗……都曾经在这儿名满天下。然而，真正为这座城市戴上神秘面纱的，应该是安东尼奥·高迪。有人说，没看过高迪设计的建筑就等于没到过巴塞罗那。

为更加深入了解高迪，我在当地买了一本中文版的《高迪——建筑设计作品欣赏》。据书中介绍，高迪是一位天才，是博学多才的智者，是充满神秘色彩的世界级建筑大师。他的建筑设计具有真正的原创性，为二十世纪开创了一个全新的艺术天地，打开了一扇崭新的大门。高迪本人希望创造一个宁静而简朴的世界，而围绕着他的作品，却有着一种神秘莫测之感，他那誉满全球的声望仿佛是一个神奇的光环，照耀四方。高迪把巴塞罗那当作自己挥洒灵性的舞台，尽情地放纵一个个天才般的设想，为巴塞罗那更为世界留下了"古艾公园""米拉之家""巴特略之家""圣家堂"等十八件不朽的建筑杰作。最具代表性的作品是圣家堂大教堂。该教堂于一八八二年开始筹建，至今已有两百多年的历史了，现在仍是完好无损。其外形宏伟，造型怪异，是一座有着八支像玉蜀黍的尖塔。外墙上建有无数精彩的雕塑，有美丽的花儿、饱满的果实、生命之树、基督和他的弟子们，表现出高迪心目中圣洁的天堂。据称，这座举世无双的建筑作品，原名是"贫者的大教堂"，其建筑经费必须完全依靠信徒和民众的募捐。为筹钱兴建圣家堂大教堂，这位天才建筑师还曾经在街头托钵募款。经费的不足也许正是圣家堂大教堂至今迟迟未建成的原因吧。不过，我们仍然听到了一个好消息——该教堂的修建工作将于二〇二〇年全部完成。相信圣家族大教堂将随着历史的延续，越来越焕发出独特的光芒。

另外，我们还来到高迪设计的另一处非凡的杰作——古艾公园。当年，有位贝拉德山庄园的主人古艾先生从城市花园的理念中得到启发，希望在这座有山有平地的庄园里建造一片住宅区。他追求有利于身心健康的自然环境，希望这片住宅区远离对身体有害的工业城市。于是，高迪在罗比、贝伦格尔和丘杰尔的帮助下，于一九九〇年开始，共花费了十四年时间设计建造出了古艾公园。整个公园的设计体现出一种自由潇洒的风格，随处充满了矛盾的元素，包括形状各异、抒情色彩浓厚的几个公馆，主台阶上的火蛇造型，以动态的曲线和蛇形的波浪为主要风格的蛇形长凳，倾斜的柱子似毒蛇般撑起的檐廊等。高迪让这些矛盾的元素自由地组合在一起，充分表现出它们独立的个性，形成了鲜明的对比。置身于古艾公园，仿佛来到了一个神奇而美丽的童话世界，充满了梦幻、神秘、野性和浪漫。

古艾公园的门口，立着一个西部牛仔打扮的人物塑像。

我们走近一看，才发现这竟是个"真人秀"，此人浑身上下都涂满了银粉。当游人向他的衣钵里投入一个欧币后，便可与他合影，这时他会做出各种各样潇洒的"牛仔式"的拔枪动作，煞是有趣。还有位流浪艺人站在公园的某一路口处，用类似于排箫的乐器，吹奏着悠扬的曲子，一段熟悉的《泰坦尼克号》主题曲随风飘进我的耳朵里。我不由感叹，这般神奇的环境，如此动人的曲子，怎能不让人对美丽、浪漫、随时都可能有故事发生的巴塞罗那心动呢？

巴塞罗那因为有高迪而骄傲。托米说，整座城市的氛围、人们的思想、性格甚至是服饰都深受高迪的影响，充满了神秘和怪异。高迪为巴塞罗那留下了巨大的精神财富，其作品几乎均是精品。他在巴塞罗那设计建造的十八处建筑作品中，有十七处被西班牙列入"国家级文物"，三处被联合国教科文组织列入"世界文化遗产"。人们称高迪为"疯子建筑大师"，因为他说过一句话："只有疯子才会试图去描绘世界上不存在的东西！"在一九二六年六月的一个下午，一辆电车撞到了一位乞丐模样的老人，他就是高迪，当天他就去世了，巴塞罗那也因此失去了国内最伟大的建筑艺术家。

十五天的南欧、北非之行很快就结束了。我们带着一路快乐的回忆，带着对世界历史文化杰出成就的慨叹，与托米和司机老大握手告别，坐上了飞往祖国的航班。这时候，每个人的心也早已飞向了家的温暖怀抱。（注：文中部分内容参阅有关旅游资料）

天使之花

　　夜晚的灯火总是这样来来往往，各种各样的灯光交错，有的透亮，有的忽明忽暗，正如在这个城市的夜里，有的人正快乐着，有的人正忧伤着。

　　因为近来生病的缘故，做什么事都毫无心情，却仍然努力地以礼节性的微笑面对一天又一天。

　　我是个容易想得很多的人。人在脆弱的时候，一草一木、一花一果都显得荒凉，郁郁不得欢畅。

　　好久没去美容院了。借着华灯初上，我走在大街上，脚步飘忽得没有力气。

　　我喜欢美容院里营造的温馨舒适的氛围。满屋的香，流淌着轻曼的音乐，还有美容小姐们青春可爱的笑脸，都会让你不知不觉地安静下来。在这里，你可以好好地放松和休息。

有一位美容师的名字很好，叫"高兴"，是她的本名。她的父母亲实在是朴实而又聪慧得很，为她起了这么一个简单大方、不得不令人高兴的名字。她已经被调到另一家美容院上班，我好久没见到她了。

小素是一位清秀的女孩，喜欢笑，说话的声音也甜。有一次她看见了我的黑眼圈，笑着说："姐，不要太累了，现在流行一句话你知道不？——'不要做一个强女人，要做一个抢手的女人。'要爱惜自己哟。"我微微一笑，是啊，爱自己，一句常挂在嘴边的话，但女人往往容易忽略这一点。

小素趁我还没睡着，讲了一个故事，故事的题目是《一个脸上有胎记的女孩》。小素说："从前，有一个女孩一出生脸上就有一个巴掌大的胎记。邻里乡亲们家长里短地在背后议论着，说这一定是女孩的长辈们上辈子没积好德。与她同龄的孩子们也经常耻笑她。所幸的是，命运之神还是挺眷顾她的，给了她一副甜润动听的嗓音，学习成绩也是非常好。一次，学校推选她参加省里举办的演讲比赛，她知道自己脸上有胎记，不好看，于是做好了充分的讲演准备，把演讲稿背得滚瓜烂熟，还在家里的镜子前把需要表演的神态、手势等身体语言设计好。可是，在比赛前一天，她被学校告知，去参加比赛的学生是代表着学校的形象，因为她脸上的胎记，她终与比赛无缘。她非常伤心难过，哭着跑回家，对她父亲说：'爸爸，你们为什么要生下我？我为什么长得这样难看？别人都耻笑我，没有人愿意做我的朋友。'父亲心疼地说：'孩子，你知道吗？你脸上的胎记是天使留下的记号呢。'她睁着哭肿的眼睛不解地问：'怎么留下的呢？'父亲说：'在一个寒冷的冬天，雪花漫天飞舞，天使来到御花园赏花，看见满园的可爱的花朵，很是欢喜。当天使走近一朵最美丽的小花跟前时，情不自禁地心中赞叹道：这朵花在冬天里就这么可人，春天来了岂不是更加美丽娇艳？等到春暖花开的时节，我一定要再来看看。于是，天使在这朵小花上做了个记号。'父亲继续笑着对女儿说：'你就是被天使留下记号的那朵最美丽的花。'听了父亲的这番话，女孩笑了。从此，她变得自信和快乐。后来，借助着美容业的先进技术，这位脸上有胎记的女孩，不仅去掉了胎记，而且成为一位气质高雅、事业成功的优秀女人。"

　　故事的尾声是一个完美的结局，虽然带了商业广告的气息，但我还是喜欢听。心想，世界因为有天使般的女人才更可爱。

　　"天使之花"温暖着我的睡眠，我在小素的轻声细语中进入梦乡。

万物温暖（组章）

孤独的沙丘

云海充满诡秘，笼罩着高山。旋风刚过，静卧江底的沙粒被卷起，年复一年，积聚成孤独的沙丘。

别担心看不见天空的蔚蓝，最美的时刻还没来到。还需要虔诚，双手合十，祈祷沿途的风景归于洁净，蓝得透亮。

如果可以，面对孤独却卓尔不群的沙丘，捂住胸口，追问自己最初的心音。

另一个星球

我甚至怀疑，你们群居在另一个星球。在你们的辞典里，少了一个伙伴都会感到难过。也许很久以前，你们与人类有个约定，宇宙的生灵在千变万化的艰难中，要和睦相处。

可愿望的实现还需努力。你们是否也感到了不安，危机四伏，或者已经迁徙到了地球上的某个角落，开始习惯过着暂且安定的生活，凭着本能、勇气和无畏，为未来构思一幅蓝图。

你们，我们，如此陌生，又相互眷念。

贴地飞翔

一堆书籍，一束花，明黄吐露透明的秋意。向日葵含笑，暖暖的阳光。

不必舍近求远，去看别处的风景。喝杯茶，想想关于光的事，想象花海中的向日葵，清晨时悠闲地散步，日落了，就把星空拧亮。

深秋如此欢乐，金灿灿的，令人浮想联翩。我们不停地行走，为了一处河湾、一片瓦房。倒影来自未察觉的秘境和碧波的歌吟。

一棵树与另一棵树相望，蓝天白云被揽入怀中。行者的心长出隐形的翅膀，贴地飞翔。

垂钓

岸上的灯火已点燃，你坐在岸边，想做几个钟头的闲士，独钓一份释怀。

江风把长鱼竿轻摆。你疑惑，即使鱼儿懂得，调皮地上上钩、逗逗乐，但可懂得，为什么风吹不散满身疲惫。

或者无关喜忧，只是暂且回到自己，发发呆，想想鱼儿单纯的快乐。

皓月当空，江面上瘦小的倒影晕染了几缕清辉，你抿起嘴角，观岁月安然，无波无澜。

傍晚

阳光穿过树梢，修长了傍晚的背影。原野空寂，但有鸟儿飞过。密林的枝头高举，树叶凋零一地，还保持着虔诚的姿势。

不是所有的事物都如此迷人，因为虔诚，把你的目光吸引。站在空旷的草场，望着天际最后一线光亮，此时静默最好，一个人，去捕捉灵魂的声音。

黑夜将隐蔽所有的贪婪，回归也许是最大的心愿，这最美的时刻，有时孤独只是短暂的奢侈。

但还是离开一会儿，让傍晚的清冷包裹全身。此时你脸上的表情一定很迷人，夜色越来越沉静，你深信，那一天中最后一线光亮明天还会出现。

正当暮色

正当暮色，大地安静。天边的云霞犹如五彩哈达。双手高举，献给天空，感谢上苍赐予安顺的一天。

一种神秘，祈祷天地的眷顾。那些生活在草原上的人，此时是否在白色的蒙古包里唱歌喝酒、欢乐舞蹈。

看惯了高楼林立的暮色昏沉，听一曲草原的歌，喝一碗烈性的酒。万马奔腾的马头琴曲在耳畔回荡。草原的生活是别样的豪放，辽阔而澄澈。

羊儿成群结队，往山坡上爬。

万物温暖

月光飞来，落在雪地上，风掀动空谷的声响，夜的深邃的寂静。一只白鸟蓦地飞过树梢，飞向远处绿的湖泊，树木开始夜巡，抖了抖鹅黄的披风。

隐约闪烁的那一颗星，借划过的流星露了下脸。风吹过树梢，群树披着圣洁的衣衫，被点燃的夜为枕着一笼月色而愉悦。

山居可以梳理水流的方向，未来可期，雪地清空了一些杂色，留下一片金黄。

因为月光，万物温暖，我在寻找月光的脚印。

再访天台

　　天台县的朋友寄来一本他自己的书《家山影像》，朋友是个摄影家，爱好广泛，喜文学、书法、茶道、禅佛，听他说他还曾是陈式太极拳的高手，拿过全县比赛亚军。他在县文联从事着自己喜欢的工作，这在大多数人眼里是件幸运的事。这本《家山影像》有他拍摄天台的摄影作品，有他描写天台县的散文。天台县是他出生、成长的地方，是滋养他性灵的地方，是他一生精神的归属地。当身边有些人去沿海城市谋生活的时候，他一直固守地处江南山区的家园，他说，不喜欢折腾，在家很好。

　　朋友的家乡天台县位于浙江省东中部、台州市北部。朋友在书中写了他的老家贤投村："在天台山下始丰溪南岸，出门见山见水，是最适宜生活的居所。"如果不是亲身去过天台山，这样的描述也算平常，中国的乡村像这样出门见山见水的地方很多，可我还是充满了羡慕之情。因为我出生、成长在武汉，从小看见的是宽大的马路、齐整的树木、车水马龙、人流拥挤、修饰过的风光、霓虹闪烁的夜景……虽有雄伟的长江大桥、滚滚东流的长江水、位于蛇山峰岭上的黄鹤楼、广阔秀丽碧波万顷的东湖这些风景胜地，但我的童年没留下什么有着泥土气息的记忆，所以随着年岁增长，我越来越对乡村的景物心向往之。我喜欢乡村的质朴和宁静，还有那些泛着旧日斑驳时光、深藏百姓人家生活故事的老屋街巷，那些几百年甚至上千年前就存在的自然风物。

　　朋友是个真诚热情的人，许是太热爱自己的家乡，希望更多的人能领略到天台的美，了解这个"唐诗之路"的神奇所在。他接待了来自全国各地很多的文人墨客、摄影爱好者，大多都亲自带着去琼台、石梁、国清寺、华顶观光游览，去看老屋村巷的一片瓦、一堵墙、一扇门、一口井、一棵树，而这些地方都是他平日已经转过无数次、拍过无数照片的地方。他的办公室地处一个安静的院落，一个普通的二层楼房子里。院子简朴，面积不大，一进他办公室的门就能看见茶几上摆着一盆兰草，清风从窗外吹来，满室幽香。朋友也是个谦和之人，不喜夸夸其谈，也看不出有丁点儿的江湖味儿，又是个心思活跃的人，往往谈笑间云淡风轻，又不失诙谐风趣，与他相处轻松愉快。我们偶尔谈起喜欢的散文作家和作品，也许我们是同一个年代的人，所以都喜欢民国大家的文章，喜欢那种冲淡平和、孤清洒脱的气质，喜欢那些散发着生活情趣、生命哲学、理性光芒的文字。

阅读他的《家山影像》，他写他的老家贤投村，写华顶的雾、石梁的雪、琼台的仙、国清寺的秋，写古道忆徐霞客……我边读边赞叹，认识他十几年，他的文字愈发细致，沉淀着岁月的疏朗与静美。他个子不算高，眉宇清晰，不胖不瘦，喜欢穿当地小作坊做的像米袋子布料的布衣，如果混在人群里不是那种一眼就能被发现的人。可能是常去山野拍照，他的皮肤晒得有点黑，走路如脚下生风，说话不紧不慢，讲普通话时带有明显的江浙口音。我对他说："你的散文写得好，比我好。"同时我也在自我检讨，在我虚度光阴的时候，他却在不断地进步。有时候，我会发些我拍的照片给他看，通常是满以为自己拍了一张好照片，但经他讲解后，我茅塞顿开，他讲得既专业又通俗，并不多说，仅几个字、一句话，一语中的，然后全靠我自己再去琢磨。有了这样的朋友，于我是时常的鞭策，我可不能太落于他后了。

我们之间淡淡的、愉快的友谊，使我对天台县产生了无比的好感。我先后去过两次天台县，也只走了天台县的几个地方，虽对天台县了解不深，但就那么几个地方，足以让我觉得天台是个可以一去再去的旅行理想之地。

记得第一次去是在二〇一二年的五月。"去时下雨。人说江南雨多，但我们去时不是那种烟雨朦胧的三月。雨时下时停，是五月初夏的急雨，带来了许多清凉的况味，这种天气适合在雨的吟唱中品读山野的气质。"——我当年记录下这样的文字。

　　天台山是浙江省东部的名山，素以"佛宗道源、山水神秀"著称，又是活佛济公的故里。东晋文学家孙绰曾在《游天台山赋序》中描绘道："天台山者，盖山岳之神秀者也""夫其峻极之状，嘉祥之美，穷山海之瑰富，尽人神之壮丽矣"；唐代诗仙李白也曾高吟"龙楼凤阙不肯住，飞腾直欲天台去"，直抒向往之情，并在天台山结庐居住；明代大旅行家徐霞客三上天台山，写下两篇游记，赫然标立于《徐霞客游记》一书之篇首；清代著名学者潘耒在游览天台山后发出浩叹："吾足迹半天下，所见名山岳镇多矣，大率山自为格，不能变换。掩众美、罗诸长、出奇无穷、探索不尽者，其惟天台乎！……台山能有诸山之美，诸山不能尽台山之奇，故游台山不游诸山可也，游诸山不游台山不可也。"其对天台山的自然景观作了高度的评价。此外，名士硕儒王羲之、谢灵运、孟浩然、贾岛、刘禹锡、皮日休、朱熹、陆游、苏轼等都在天台山留下过墨笔和足迹。难怪天台人说，天台山是"唐诗之路"，有一定道理。

　　我们去时，先是领略了天台山的云雾景观。驱车去天台山，沿途远远望去，就看见云雾缠绕着连绵起伏的山脉，这在我而言是从未见过的奇景，仿佛山体所到之处，云就紧紧相随，山在云中，云在山中，尤其是在雨中，使山峦更增添了许多仙气。我想，我去过的名山大川也不少：黄山、庐山、华山、武当山、峨眉山……但如此近距离地看这云山相依的奇景却是头一次。当我步行至天台山间，置身云雾当中，感觉自己成了这山里画中人。虽已是五月初夏，山中却还显清冷，犹如被包裹在早春的春寒里。空气却极好，不禁想起"细雨湿衣看不见，闲花落地听无声"这句诗，我边呼吸着清冷的空气，边踏着山间的一段石阶小路。路上飘落了一地粉紫色的杜鹃花瓣，当我在细雨中沿着这些花瓣铺成的路慢慢走上去再走下来，感觉飘飘然，一时间迷失了自己，仿佛我不是个匆匆过客，而是在此山居已久、素来过着一种超凡隐逸生活的世外居士。

接着，我们去了国清寺。国清寺是至今保存完好的国内著名寺院之一，于六百〇五年隋炀帝敕建、清雍正年间重修。远眺这座隋代古刹，只见国清寺四面环山、五峰环抱，古老隋塔立在半山坡上，掩映在一片红墙灰瓦、古木参天、绿树成荫之中。待走进寺院里面，迎面而来的是清幽古静的建筑，照壁拱桥，碧水长流，殿堂齐全，气势恢宏，点燃的香火飘着一股好闻的清香。寺内古木繁多，松树高大，有的存在时间已达几百年甚至上千年，但见这些树木仍是挺拔苍硕，并无老态龙钟之相。只见两棵玉兰古树，玉兰花正好开了，花开得像一只碗口那么大，远远看去犹如清水白莲，一尘不染。

随后，我们穿过雾中青翠的竹海，走在了一条徐霞客当年走过的羊肠小道上，如果不是朋友指出，谁又能知道这隐蔽在竹林深处、毫不起眼的山间小路是徐霞客曾经走过的地方呢？我说不清走在这条古道上的滋味，但想着总会沾到一些大旅行家遗留的文气吧。朋友在他的书中写道："'癸丑（公元一六一三年）之三月晦，自宁海出西门，去散日朗，人意山光，俱有喜态。'这是《徐霞客游记》首篇的开头所写，游记首先从《游天台山日记》开始。"想是当年徐霞客早早从宁海出发,心情特别好,是为了"急着看一看天台山这座神奇的山,这座无数前人描述过的有着好多好多灵异珍宝的山"。

在山中,我们偶然碰见几头小黄牛,它们站在一个土坡上,身型长得很漂亮。一头小牛远远地站着不动,透过雨雾看去像是从云山深处跑出来的一般,画面美如水墨写意。这时候,山上走下来几个收工的农人,扛着农具,从我们身边擦肩而过,其中一位还乐颠颠地哼着小曲一路小跑着,看起来很开心的样子,像个活神仙,我们不禁哑然失笑。待我们也准备下山继续往别处去时,陡然看见一位戴着斗笠、披着蓑衣、扛着锄头的人,从雨雾的山道上走下来,此时我的脑海中冒出"一蓑烟雨任平生"的意境,心中也暗笑自己尽往古诗古画中联想。

朋友说,一年四季,只要有时间就到国清寺周边转一下。国清寺的春夏秋冬景致不同,而他最喜欢国清寺的秋,他说国清寺的秋是安静的,有慈悲之胸怀、明净之秋阳,晨钟暮鼓,香火袅袅……我曾经有个想法——选一个秋天去国清寺静修,一个人在寺里住一段时间,远离俗事烦冗,直到我不堪清冷寂寞为止。我曾以游国清寺为题作诗一首,记录了当时的心境:"幽静的寺院 / 细雨纷飞 / 时间的碎步更轻了 / 石壁上的图腾古朴斑驳 / 历史的印痕与我的目光对视 / 我立于一角 / 来不及惆怅 / 人声将我唤回现实 / 高大的树借着凉风 / 为我解说内心的疑惑 / 踩在雨打湿的青石路上 / 脚印浅浅 / 我并

不想急于离开 / 只愿多停留一会儿 / 洗一洗被蒙尘的心。"

　　第二次去天台山，是冲着杜鹃花去的。二〇一三年的时候我刚买了部相机，那时想学摄影的热情很高。于是，那一年的五月初，我兴致勃勃地去了天台山，专门去拍天台山华顶上的云锦杜鹃。一大清早，当我走在杜鹃盛开的山中，才知道杜鹃原来是长这个模样：花朵大而艳，花瓣粉红，单是一朵一朵地细看，并无特别之处。最神奇的是它的树干和枝干，生得粗犷，生得妖娆，从弥漫的晨雾中观望，仿佛来到一个巨大的迷宫，神秘而诡异，人一走进这迷宫怕是就很难走出来。走在这奇形怪状的树林里，一眼望去，争相竞放的杜鹃花沐浴在缭绕的云雾里，而她的枝干就像探出的千条万条长长的手臂，随时随地会将你缠绕住，使你身陷其中，不能自拔。

　　我以为，看杜鹃花必是要在雾里看才更好看，从雾里探出一些晨曦柔和的光线，山中的人影、树影都是朦朦胧胧的，每株树上千朵的杜鹃一簇簇一团团或只是几朵挨在一起，攀爬在黑色的树枝上，清晨的露水打湿了花瓣，浅浅的粉红，显得娇媚清纯，秀美可人。如果运气好，人站在山顶时，可以看到漫山遍野的杜鹃开得繁茂丰艳，似锦若霞，那山花烂漫的景象恍若人间仙境。晨雾中的华顶原始又迷离，像一个童话的王国。如果此时周围的一切悄无声息，会不会有一只美丽而优雅的仙鹿在这宁静的清晨中漫步，饮得花上的露珠呢？我一边联想，一边拿起相机拍了好多张照片，但总也抓不住杜鹃花的神韵，拍出的画面远远不如我所见到的具有独特的丰富的美，杜鹃花树仿佛有灵异附体，舞出万种风情，这是一种野生的、不可抗拒的神奇力量。

云锦杜鹃的美让我难以捕捉，然而，她的美就在华顶，在云山雾深处，这片神秘的树林，在每年的春天，杜鹃花都静静地绽放。

天台山我还有好多地方没去，比如朋友书中写的"万年寺""桃源""螺溪""始丰溪""寒岩"等。朋友喜欢带我们去一些清静之地，比如去山林，看石梁的飞流瀑布、清澈溪水，在茶棚喝一杯清茶；去老街，看断垣残壁、一米天空，看斜阳落在木门窗上，落在一把生锈的锁、一个破旧的水壶上；去寻常人家的小平房，看老人坐在自家门口晒太阳，小狗绕膝，猫儿眯着眼趴在窗台上，一对夫妻安静地在院子里做农活儿，孩子们在矮旧的木桌上写作业。他还带我们看集市上的摆卖，拍摄集市上的人，那些人总是对着他咧着嘴笑，露出一脸的憨厚。我们还看过一场社戏，也不知戏台上演的是什么，只见台上的演员们一阵莲花碎步，长衣飘飘，台下的观众人头攒动，密密麻麻，好生热闹。我们想看个究竟，但因人太多无法靠近戏台。朋友便从台下钻到台后，抓拍了好多镜头，跑出一身汗，他说这样的场景难得一遇。

他在很多年前出了一本拍摄荷花的摄影集，想必也是在天台山拍的，集子是淡青色的封面，书里面都是那种淡淡的绿色，里面的初荷、夏荷、雨荷、残荷、枯荷，形态各异，意境淡而幽远，烘托出荷花的清芬脱俗。我喜欢集子中一段这样的描写："蛙声在荷花间跳跃，高亢、清亮，与草丛中不知名的缠绵悠长的虫声组成一曲清晨的充满活力的乐章。"我认为，这本荷花影集也凝聚了朋友的心血精华，他充满感情地踏遍了天台山的每一寸土地，遍访山中景物，与山水奇石、花鸟虫鱼亲密接触，深入对话，用摄影和文字的方式，挖掘天台山卓越多姿的美，组成一曲曲充满活力的生生不息的乐章。

　　我想，今后若有机会，我会沿着天台山的"唐诗之路"，再访天台，去领略它的古奇清幽、它的无限风光。

我的读书生活

　　我认为，喜欢读书是一件很自然的事。相信许多喜欢读书的人，对书都有一种亲近感。记得有一年我回武汉，与家人约好去武昌的楚河汉街会合。这是一条新开发的商业步行街，步行街两侧的房屋建筑都是欧陆风格，一家挨着一家的服饰、美食等各色门店，琳琅满目，充满了现代时尚的元素。我与家人约好在屈原广场会合，在等他们的时候，发现街角有一家书店，叫"文华书城"，我不由自主地走了进去，这家书店的规模不算小，里面灯光柔和，布局温馨。我走进去，在新书架上发现了一本书，名叫《夜晚的书斋》，又名《周游我的房间》，我顿时被这个书名吸引。这是一位名叫阿尔贝托·曼谷埃尔的加拿大作家写的书，他是世界知名的翻译家、散文家、小说家和编辑。书中讲述他在他法国的家里修建了一个书斋，夜深人静时，书斋灯火通明，他便感到从白天的束缚中解放出来，被那隐隐闪光的字母发出的神秘法术召唤，引诱到某一卷某一页面前……带领我们走过了一条关于书的时光隧道……

书的扉页有一段话是这样的："十六世纪，奥斯曼土耳其时代的诗人切莱比，以'拉蒂菲'这个名字为人所知，他称他的书斋里的每一本书都是'能驱散全部烦恼的真诚可亲的朋友'。"我觉得这句话说得真好，书籍，就是我们真诚可亲的朋友，它能带给我们愉悦充实的感觉，帮助我们认知世界、认知人生，让我们的心灵得到慰藉，无论在何时何地，当你需要它的时候，它就会在你的身边。

不过，《夜晚的书斋》是一本繁复的书，不是那么好读，虽然这本书我没有读完，但我始终记得在我的书柜里有这本书的存在，它的存在会提醒我拥有安静的情绪，提醒我要做到书中所提到的"我愿住在我能思考的地方"。而且，这是一本可以用跳读的方式去读的书，不论翻到哪一章节，都可以从中获得不少信息，比如书斋的秩序、空间、力量、形状、工作室，等等。我想，在自己的家中建一个有着丰富藏书的书斋，可能是许多爱读书、喜欢收藏书的人梦寐以求的事。这是一笔浩瀚的精神财富。

相信喜欢读书的人都有这样的经历：看到一家书店，总是不由自主地走进去，在里面浏览很久，如果买到一本想要读的书，心里就很高兴。我曾经写过一篇小随笔，是关于自己的生活物件。作为女人，自然是对服装、鞋帽、皮包等物品有着浓厚的兴趣，除此之外，我对书籍也是偏爱有加，家里的书柜已经塞满了书籍不说，我需要随时翻阅的书，也会放在书桌、床头等随手可取的地方。因为家里的书柜实在装不下那么多书，我曾清理出一两百本书，拿到办公室给喜欢读书的同事们随意挑选。有些书曾经伴随我度过了青葱岁月和许许多多孤独的时光，我很希望那些书也能给同当年的我一样年轻的同事们带去乐趣，成为他们生活中的良师益友。

说起读书习惯，就我而言，如果按一天来计算，零零碎碎加起来，也有半天的时间是用来读书的，有时候是清晨，有时候是下午，有时候是晚上。如果因为工作或家务忙碌而几天不读书，就总觉得心里空落落的。古人云"三日不读书，便觉语言无味，面目可憎"，我很以为然。读书是精神世界最宁静最自我的时候，也是忙碌之余身心能得到放松的时候，可以暂且抛开喧哗与烦恼，除了书和自己，别无其他。时间在阅读中不知不觉地过去，度过的每一分每一秒都感觉饱满和愉悦。

我曾经喜欢读林语堂的书，也喜欢他那种闲适的生活态度及闲谈式的散文风格。他对读书的看法我也颇为认同，语堂先生认为："一个人发现他最爱好的作家，乃是他的知识发展上最重要的事情。世间确有一些人的心灵是类似的，一个人必须在古今的作家中，寻找一个心灵和他相似的作家。他只有这样才能获得读书的真益处。"语堂先生对待治学也是十分勤奋和严谨的。他的女儿林太乙女士写过一本《林语堂传》，其中记录了一段关于语堂先生的每天安排："早上比孩子们早起，在书房看书写字，一直到午后两点，下午休息，出去逛街散步，晚上又工作到子夜之后，常常要母亲催他，他才肯上床睡觉。"他曾写过一篇短短的自传文，最后一段谈"无穷的追求"时写道："有时我以为自己是一个到异地探险的孩子，而我探险的路程，是无穷期的"，因为"我素来顺从自己的本能，所谓任意而行，尤喜欢自行决定什么是善，什么是美，什么不是。我喜欢自己所发现的好东西，而不愿意人家指出来"，所以"每天早晨，我一觉醒来，便感觉着有无限无疆的地方让我去探险"。其实，我自认为，我不仅仅喜欢读林语堂文章中的幽默与睿智，更多的是欣赏他那种无穷尽的追求未知的精神。

然而，说起读了哪些书，我确实感到十分汗颜，想来想去，真的没读过多少书，有时候与朋友聊起读书的事或看别人写关于读书的文章，很多情况是他们读过的书我没有读过。我从小对文学书籍感兴趣，做学生的时候喜欢读小说，工作以后偏爱读些散文，再后来读点诗歌。我的读书也没有系统，没有目的，比较随性与感性。可以说，读点闲书，让生活不至于单调乏味，这样子读书更合我的心意。

我曾在"凤凰读书"的微信公众号上读到一篇李欧梵的《一个"闲书呆子"的自白》，感到挺有意思。他说："我是一个爱看闲书的书呆子。书呆子的定义是：对书看得发痴。不过，我的毛病是，我只对闲书发痴，看正书是没有多大兴趣的。闲书看多了不见得有学问。我绝不承认自己是一个满腹经纶的人：书看得太杂，没有一样精通，而且——让我从实招来——大部分的书我都没有看完……"当然，李欧梵先生是大家是学者，我无法与之相比，他说他是闲书呆子，只对闲书看得发痴，而我虽爱读闲书，但不能说痴，甚至书虫都不算。然而，他说的这种读书状态，我多多少少有点相似，只是远远不够闲不够杂，我只能算是一个读书爱好者。书海茫茫，人这一辈子又能读完多少本书呢，真是永远读不完啊。

　　读闲书，也算是一种读书习惯吧。我还有一个习惯，就是喜欢写点读书随笔，曾经满怀兴致地写了一些读书随笔，某本书、某个章节、某个段落都会令我浮想联翩，便将诸多感想随兴记录，渐渐地也积累了一些文字。我觉得写读书笔记的习惯非常好，可惜我现在坚持得不够好。其实，关于写作，无论写什么，包括写读书笔记，都是费脑筋的活儿，也不是那么容易就能写好的。

　　如果说，要列举一下我的读书清单，我也是满怀羞涩与惶恐，我身边有许多爱读书的人，想必他们读的书比我要多得多。硬着头皮列举一二，比如现在我手边的书有：《夜晚的书斋》《理想的下午》《繁花》《聂鲁达集》《今朝风日好》《沈从文的后半生》《万物静默如谜》……还有读的印象较深的书，如《最美的决定·E.B.怀特书信集》《当代国际诗坛》《爱默生集》《瓦尔登湖》，还有董桥的几本文集、汪曾祺的散文集、许多中外知名作家的书、一些作家评传，偶尔也读一些小说，比如近几年读过的《一个人的好天气》《苹果籽的味道》《刺猬的优雅》《芒果街上的小屋》等，这些书大部分我都写过一些读书随笔或读书摘记，所以印象较深。

　　我觉得，我的读书状态是不太入潮流的，或许是属于比较老派的读书状态。现在每年各大网站推荐的新书，我或许都无暇顾及。人生有涯，书海无涯，从前读书的热情渐渐也被碎片化的电子阅读所替代，久而久之，我觉得这是一种时代的退步，退步到没有思想、没有思考、没有沉淀、没有自我，一味地被各种信息各种动态各种鸡汤式的文字牵着鼻子走。

　　我一直很欣赏董桥对于书的痴迷，他对于纸质书籍的热爱，他曾写道："爱书爱纸的人等于迷恋天上的月亮"，就等于"迷恋的是纸月亮"。其实，人在一生当中，迷恋一种东西，是一件幸福的事。我相信，爱读书的人，都拥有一个属于自己的书斋，这书斋无关大小，或是一间书房，仅有一两个书柜，或只是一个小小的书架，这都不重要，重要的是，能拥有一个让自己静心思考的地方。

　　关于读书的好处，自不必细说了吧，老话说"腹有诗书气自华"。读书使人内心丰盈、视野开阔、心胸豁达、精神愉悦，随着时间的推移，它影响着一个人的品质、修养，甚至外貌、谈吐、神情。爱读书的人，眉宇间都透着一种书香气，它让人气质飘逸深邃、情感丰富、温文尔雅，流曳灵性，透出一种由表及里的书香风范。越是有学识有涵养的人，待人越是温和谦逊，然而却都有一种骨子里的清高与傲气，爱憎分明，知荣知耻，不随波逐流。

　　我们常说，人活着就要有一种精气神，而读书人的精气神，就是所拥有的独立的精神世界。这不是一朝一夕就能完成的事，这是常年的读书与思考所积淀形成的。有的时候，别人问你都读了哪些书，也许你会一时语塞，不知从何说起。然而，你心里明白，读过的书，读着读着，许多的东西已被你渐渐吸收、内化，成为你精神世界的一部分，你的言行举止、为人处世、看待事物的角度、对于人生的理解，无不受之影响。读书人大多喜欢闲云野鹤般的生活，喜欢自由，喜欢率性，喜欢特立独行，始终保持敏感与清醒。其实，有一点也非常重要，就是读书可以让你在一天繁杂的事务中抽身出来，到书中的世界里去，让自己安静下来，让心灵得到休憩与宁静。为什么我最喜欢兰花？就是因为它于空谷中散发着淡淡的香气，好比书香，"不以无人而不芳"，这种香气萦绕在你的周身，当你身在你的书斋沉浸在读书的愉悦里，可以忘掉诸多烦恼。书永远是你真诚的朋友，随时随地等待你的召唤。

回想我的读书经历，真正好的读书时光还是在年轻的时候。那时候，精力充沛，对读书有浓厚的兴趣，充满了好奇心与探索欲，甚至达到废寝忘食、物我两忘的境地。现在，人到中年，那种如饥似渴的感觉似乎再不会有，也没有太多精力读那么多书了，思维开始固化，兴趣也相对寡淡。相比年轻时真的是退步了许多。现在又身处信息时代，网络发达，手机碎片化阅读风行，大量信息充斥头脑，占用了很多闲暇时间，多了些急躁，少了些闲情。我认为，要趁青春的大好时光用心读书，首先，要按照自己的兴趣与喜好，多读纸质书籍，少看手机和电脑。就文学而言，找与自己心灵相似的作家，多读这些作家的书，这样才能入脑入心，就好比与一位良师益友促膝交谈，能真正获得读书的乐趣和心智的启迪。其次，读书，要遵从内心的需要，去除功利性目的，做一个闲散读者。读书的积累是需要时间沉淀的，是一个潜移默化的过程。第三，对读书要有所期待与计划。每个时期每个阶段可能对书的兴趣点不同，想读的书也会有所不同。读书是自己的事，把自己喜欢的书坚持读下来，就会得到不小的收获。第四，要养成写读书笔记的习惯。写读书笔记，可以激发思考，帮助记忆，或写成一篇文章，或只言片语，只要随时记录，时间久了，就能积累许多，同时也是你自己的心路历程，是你渐渐成长、成熟的过程。

对于我而言，读书，是一种天性，是我生活中最重要的一部分，是生命内在的需要，是不舍得荒废的精神生活。汪曾祺有一篇散文《无事此静坐》，文中他这样写道："我是个比较恬淡平和的人，但有时也不免浮躁，我希望政通人和，大家能安安静静坐下来，想一点事，读一点书，写一点文章。"德国诗人布莱希特的诗作《花园》，我觉得对于我的读书和写作是一种提醒与激励，这首诗是这样的：

　　湖畔，
　　在冷杉和银白杨林中
　　被墙和灌木丛护卫着
　　有一个花园
　　巧妙地种植着

不同季节的花卉
每年从三月到十月
这里都有鲜花盛开。

清晨，
有时候坐在这里，
期望我也会这样
无论什么时候
不管天气好坏
都能拿出某些个
让人喜欢的东西。

读书，就是在一个开满各种鲜花的精神花园里徜徉，乐此不疲。

安静读书

安静地读书，往往感觉很好。

读书，并非一定要写点什么读书随想。有些书籍，只需静静地读，读自己喜欢的文字，做简要的摘录笔记，在细细的品味中，将它们缓缓地汇入心灵的河流。

这几天，我安静地读着《瓦尔登湖》。这本书是应该安静地去读的。它给我的感觉如大自然一样亲切、简朴和欢快。

此书的作者——亨利·戴维·梭罗，是美国的著名作家、思想家。一八五四年出版了文学名著《瓦尔登湖》。此书是梭罗在瓦尔登湖畔两年零两个月的生活和思想记录，也是拥有当代美国读者最多的散文经典，其回归本心、亲近自然的思想为美国乃至整个世界带来了清新之风。

今晚又略读了两篇。

在《闻籁》中，梭罗说："有时候，我真舍不得把眼前美好的时光奉献给任何工作，不管是脑力工作还是体力工作。我喜欢给自己的生活留出更多的空间。"在我的理解中，他的意思是停下手中的活儿，将自己完全置身于自然界之中，享受一片孤寂和宁静，呼吸着清新透爽的空气，心灵纯净地看着太阳从东方升起，在西方沉落，真切地感受流光易逝。

梭罗认为，顺其自然的生活是非常平静的："我的生活本身已成了我的娱乐，而且还历久常新。它是一个多幕剧，没有结局。"告诉读者不要被百无聊赖的生活所困扰，"紧紧地跟随你的天赋，它会时时刻刻给你展示一个崭新的前景。"

梭罗的文字弹拨着快乐的节奏，让人如沐清风。

另如他在《瓦尔登湖》中谈到了孤独："我发现，一天之中大部分时间用来独处，是有益于身心健康的。有人做伴，就算是最好的伴儿，没多久也会感到厌倦、无聊。我爱独处，比孤独更好的伴儿，我还从来没有发现过。我们到了国外与人交往，大抵比待在自己家里更加孤独。一个人在思考或者工作的时候，总是独个儿的，他乐意在哪儿就在哪儿。孤独不能用一个人跟他的同伴们隔开多少英里来衡量。在剑桥学院拥挤的小屋里，真正勤奋学习的学生，就像在沙漠里的游方者一样孤独。"

孤独是必要的，看似形单影孤，心却是满满的快乐。

窗外有雨声

——读书札记

1

汪曾祺的一篇散文《无事此静坐》，我甚为欣赏。

他在文中写道："静是一种气质，也是一种修养。唯静，才能观照万物，对于人间生活充满盎然的兴致。"于是，他养成了静坐的习惯，"每天早上泡一杯茶，点一支烟，坐在沙发里，坐一个多小时。虽是悠然独坐，然而浮想联翩。一些故人往事，一些声音、一些颜色、一些语言、一些细节，会逐渐在我的眼前清晰起来，生动起来。这样连续坐几个早晨，想得成熟了，就能落笔写出一点东西。我的一些小说散文，常得之于清晨的静坐之中。"

这是不是老来方能悟出的道理呢？平日里大多时候我们心浮气躁，这对于写作而言是大忌，求一时抒怀，欠深思熟虑，恐怕也难写出好的文章。

喜欢汪曾祺的文笔和意境，从容淡定，如行云流水，娓娓而谈，读起来很舒服。

静坐，"想一点事，读一点书，写一点文章"，不失为一种享受。

素来喜欢平实的语言、平实浅易的文风，因此，每每看到香艳华丽的辞章就感到眩晕。张中行说："意多而言简是行文难到的境界。"深觉如此。

汪曾祺在《"揉面"——谈语言》一文中说到，使用语言，譬如揉面："曾见一些青年同志写作，写一句，想一句。我觉得这样写出来的语言往往是松的，散的，不成'个儿'，没有咬劲。"他说，中国人写字讲究"行气"，一样的道理，写文章要讲究"文气"，就如"老翁携带幼孙，顾盼有情，痛痒相关"，安排语言，也是这样。一个词，一句话，单独来看，都很平淡，但放在一起，就有点味道，这味道来自于"痛痒相关，互相映带"，如此才能"姿势横生，气韵生动"。读他的《多年父子成兄弟》一文，就是这种感觉，文字没有华美的辞藻，平实、简约、流畅，似在谈家常，几近于白描的写法，却有一种"文气"贯穿始终，这"文气"就是浓浓的亲情。读来觉得舒服、明白、令人回味。

2

董桥的文字里有一种耐读的味道，就像一坛好酒，溢满香醇的气息。其文笔从容、幽默，有着书卷气，又非空中楼阁，时而会针砭时事。

读他的文章，我总会想起一副对联——"宠辱不惊，闲看庭前花开花落；去留无意，漫观天外云卷云舒"。

他很是欣赏文章如酒的人，比如他写的《文章似酒》一文，就阐明了这种观点。

平日里，我喜欢读些隽永的短文，对于那些"自以为是的滔滔雄辩"，也是不耐烦的。董桥所说的下笔要"不惜削、删、减、缩"，要做"能在愚蠢的大时代里闪耀出智慧小火花的文人"，我也是非常欣赏的。

保持一份清醒，固守静观的状态，宠辱不惊，去留无意，如此对于人世间的万般景象方可有一种客观的眼光，使人心怀平静且乐观豁达。

粗略读过他的一篇《从中国文学的界说和种类想起》，此文对于文学的分类进行了一番梳理和思考，读后感觉有所收获。其中有一段话说："谈任何问题的文章，都应该写得'生动''优秀'。武断点说，写文章若不注意文字的优劣，就根本不配写文章。说理也好，抒情也好，文章都要通达才行。这是起码的良心。"

我想，这应该是写作者应该自觉秉持的理念。

前些日子为了鼓励孩子学习，我故意夸大说："你现在是我的偶像。"他感兴趣地问："为什么？"我说："你现在学的功课我早就忘到后脑勺儿了，尤其是数学，对我来说像是天书。"本来满心以为凭着我的语文基础，对于他的作文会给予一些帮助，上次帮他修改《看国庆节阅兵式感想》一文，还让我得意了一阵子。上周末，我又煞有介事地叫他把周记拿给我检查，他读我听，发现他用语风趣，行文也算流畅，我竟不知从何入手进行指导，不过我还是板起面孔端起家长的架子，说思路要打开、要增加阅读量、丰富词汇等等诸语。现在孩子的思维，不知我们能不能跟得上，我们往往凭着经验已经形成了一个思维定式，对于赶新潮的文章，是否容易接受？但是我始终认为，为文自有为文的规律，再怎么天马行空，还是归于董桥说的——"谈论任何问题的文章，都应该讲究文字的优劣，要做到通达。"正如有人提出，中国汉语是最优美的语言，用汉语写作首先要写得生动和优秀，要给人以美的感受。

　　说到增加阅读量，学校有规定的书目让学生阅读，自不必让做家长的操心。但最近我倒是想对自己来一项阅读方面的拓展训练，我觉得不应老盯着文学不放，还应该扩大视野，对其他的知识和信息保持敏感。而且，真正的深度阅读，还应该远离喧哗，找到与自己趣味相投的书籍，这样才能做到读有所获。

　　真正爱书、读书的人，其实大有人在。像董桥，关于读书，就写了《英伦日志半叶》《访书小录》《关于藏书》《谈谈书的事》等诸篇散文，雅得不行。不过，董桥在《访书小录》中谈到蓝姆有一篇散文谈书和谈看书，一开头先引了别人的一段话："一个人若用心看一本书的内容，等于是用别人绞尽脑汁苦熬出来的东西来娱乐自己；品质高尚、教养好的人，想来一定会比较喜欢享受自己思想心灵上的新芽幼苗。蓝姆赞叹别人可以完全不看书，但求尽量增长自己独立思考的能力。"他说，他自己则只会看书，老是不能够坐下来静静思考。这也足见过分爱书看书，其实是有其弊端的。

我也时常听到有人会说"我从来不看书"，这句话颇受怀疑。可能他想表达的是，他从不看没必要花时间看的书，而是选择一些经典去阅读，看一些自己喜欢的、能获得思想享受的书籍。

孩子读书要对自身有点硬性的要求，因为他们正处于学习阶段，而成年人读书却有很大的自主选择性。"终身学习"四字，看似像一句口号，却很实在。奥地利诗人里尔克曾说："我是一个初学者，我不做别的，只有（不断地）开始，重新开始！"谦卑而纯真。

一个人的头脑需要不断地更新和进步，而读书和思考，就是一个很好的选择。

3

很欣赏张爱玲关于"人生味"的说法："在西方近人有这句话：'一切好的文艺都是传记性的。'当然实事不过是原料，我是对创作苛求，对原料非常爱好，并不是'尊重事实'，是偏嗜它特有的一种韵味，其实也就是人生味。"

张爱玲是一代才女，她是写小说的天才。我一直以为写小说除了勤奋，天生是不是那块料也是关键的因素。她写的故事，历久弥新，其小说在技法上还是现实意义上的，故事和技法都堪称传奇。看似写的都是过去年代的故事，然而其人物的心理特征、所揭示的社会问题，在当今也能找到缩影。这正是张爱玲的持久魅力所在。

刘川鄂的《传奇未完》一书中说："张爱玲写小说，不论'有其本'，还是'无其本'，她总是把'人生味'放在第一位。米兰·昆德拉曾说，小说如果放弃了对人生的探索，那就是小说的死亡。从这个意义上来说，张爱玲是一个品位纯正的作家。探索人生，拷问灵魂，提示文明与人性的冲突是她在小说中孜孜以求的目标。"

小说的生命力在于，它所表现的主题，放在任何时代都有它存在的价值，而不是将其作为考古资料来研究。张爱玲就是一位有这样追求的作家。

张爱玲敏感于"特有的一种韵味"，然而，若没有很好的悟性与文化修养，没有高超的对文字的驾驭能力，这种"特有的一种韵味"不是那么轻易就能捕捉得到的。

读刘川鄂撰写的关于张爱玲的评传，得知她是个生活上的弱者："她缺乏起码的生活自理能力：不会削苹果，不会补袜子，怕上理发店，怕见客，不会织毛衣，记不住家里汽车的车牌号码。在一个房间里住了两年，始终不知电铃在何处。接连三个月坐黄包车去医院打针还是不认路……在待人接物方面有着惊人的愚笨。"

"在现实的社会里，我等于是一个废物。"张爱玲曾这样苛刻地评价自己。刘川鄂却对此在文字中评说道："对于一般人而言，这自然是一个缺点，但对于作家、艺术家来说，这往往是充满艺术气质的体现。他们常常注重的是事物的意义而非结果。如同弗洛伊德所说，诗人、作家、艺术家往往与疯子怪人只有一纸之隔。"

有人也说过我是个生活上的弱者。因而，敏感一些，也糊涂一些。

4

中国艺术家认为，惟悟乃是当行，乃是本色。没有悟，一切都是空话。凝神遐想，妙悟自然，物我两忘，离形去智，才是达到艺术超越的根本途径。神宗有所谓"路逢剑客须呈剑，不是诗人莫献诗"的话，悟是根本的，没有智慧的悟，说得再多也是空话。"三十年来寻剑客，几回落叶又抽枝。"朱良志认为，"悟禅者，就是寻剑人"。

"悟禅者，就是寻剑人。"这是一句很值得玩味的话。

艺术来源于生活。艺术的审美，提炼了现实生活的本质。站在高处看，人有七情六欲，世间总有烦恼丝，如何拥有"慧剑"之心，破除周遭烦恼，也在于一个"悟"字。

然而，这里并不是说要去念经打坐。民间俗语说"心静自然凉"，心灵若有把"智慧之剑"，就能身在凡尘，心向明朗。

"艺术就是充满醉意的舞",读此句,颇感深有意趣。"常"指日常、平常、常态、常规;"醉"非指因酒而醉,而是指性灵的沉醉、心性的超越。怀素评说他的书法:"醉来信手两三行,醒来却书书不得。"醒时则不能,而醉却别有韵味。没有这"醉意",便触不到灵动的思想,舞不出曼妙的音符。

值得思考的是,为什么醒时则不能书呢?源在于心,因为醒时束缚心灵的东西太多了。"'常'意味着心灵被理智、欲望、习惯包裹,这样的心灵'下笔如有绳',处处有束缚,点点凭心机,玩的是技巧,走的是前人的熟门熟路。无所不在的法,控制着人,如同对待一个奴隶。"所以,艺术需要醉意,"诗善醉"(清刘颐载语),只有在醉意朦胧中,才能沉醉痴迷,身心激荡,灵思跳跃,悠然自在,神游遐想,飘逸陶然,才能舞出真正的精神内核。"一点真心就是'禅',些子微茫就是'真'。只要是本心所现,就是真,就是悟,就是禅,就是艺",而此中醉意,当是为了"逃脱威胁真心的罗网"。

以上是朱良志在《曲院风荷》里《常中求醉》一节中讲解的大意。文中还引录了一段石涛的《画语录·变化章》,读来甚是畅快:"我之为我,自有我在。古之须眉不能生在我之面目,古之肺腑不能安入我之腹肠。我自发我之肺腑,揭我之须眉。纵有时触着某家,是某家就我也,非我故为某家也。天然授之也,我于古何师而不化之有!"看似张狂的气势，却是以燃烧肺腑之心进行艺术创造，故而他的画"在纵肆中有大真，在狂逸中有烂漫"，实则达到了性灵的沉醉、心性的超越，一切都在随意中。

理解了艺术贵在真，贵在心灵突破"常"的束缚，才能在创作中自觉地寻求"醉意"，飞舞出自我的灵魂，即所谓"我自发我之肺腑，揭我之须眉"也。

然而，这般"醉意"也是难求的啊。

5

有时候对于诗歌，大家似乎推崇冷酷与丑陋现实的真实写照，却容易陷入对现实的简单罗列，一味地表达苦痛，但读的时候，只觉得在深深的疼痛之外，却不能给人以愉悦和温暖。有时，文学作品与时代息息相关，如果作品的内容正好迎合了这个时代，或者迎合了官方、部分读者或文学批评家的某种需求，它就会被大加吹捧。然而，这样的作品，是否经得起时间的考验？

我总以为，在表达深深的疼痛感之外，一定要有一个或几个别具意义的字跳出来，而它们所传达的信息，就是阳光与温情。

《曲院风荷》一书中讲道："在中国的艺术和美学中，推崇冷之美，而这种'冷月'的境界，悠远、澄净、神秘、幽深。然而，在看似彻骨的冷寒、逼人的死寂中，原来藏有一个温热的生命天地。这就是中国艺术挚爱的荒寒的冷世界。"

中国艺术的精髓就是"冷世界"中的"温热的生命天地"。

当然，故作矫情地去粉饰美、雅和天真是可笑的，但是，在把令人不悦的真实呈现出来的同时，需要补充的是正如凡·高所说的"在一幅画中我想说一些像音乐一样令人感到安慰的东西"。

我极为偏爱弗罗斯特的有关论述。柳宗宣在《弗罗斯特的路》一文中写道："他说他是一个现实主义诗人。他认为现实主义有两种：一种是把大量带有脏土的土豆出示在人们面前，以表明那是真实的土豆；另一种则满足于刷洗干净的土豆。他说他倾向于第二种，在他看来，艺术的作用就在于净化生活。"

做人做文，就在于宁静中的净化，贵在朴素自然。

6

《曲院风荷》中《夕阳吾西》一节，正好有一段反媒介的论述，大意是讲：现代人是在媒介中生存，我们小心而努力地将自己织进网中。媒介就像自己的手足一样，一旦媒介出现了问题，我们便不知所措。媒介给我们提供了极大的便宜，但我们也常为媒介所左右，我们在不知不觉中为媒介格式化、间接化。我想起莱斯比特的观点："科技的确在使人疏离人、疏离自然、疏离自我。现代媒体使我们忽略了人类经验的品质。"

这样的论述，我们并不陌生。我们的大脑每天装着大量的来自媒介的信息，我们的思维也被媒介左右，对此，我们似乎还沾沾自喜，乐此不疲，好像不出门就知晓了天下事。

可是，我们"缺少了直接面对蓝天白云的机会"。

禅宗里有句话："如人饮水，冷暖自知"，此言强调的是亲证，是个体真实的生命体验，是"直指本心"。只有亲历，才会有深刻的体悟。想想在生命当中留给我们最深记忆的东西是什么呢？就是那些触动心灵的深刻的情感体验，喜或忧、爱或痛，这种体验才是弥足珍贵的，是一辈子的财富，因它足以证明我们活着和怎样地活着。

人往往是自己给自己设置障碍，人所感受到的"不自由"是内在世界的迷妄所造成的。谁能缚你？你是自己捆住了自己。你若自己都不知道自己，还能指望别人了解你吗？

还是那句话："如人饮水，冷暖自知。"不知冷暖的人生是无趣的人生。从"媒介"这个话题上来说，就是要与各种媒介保持距离，多一点"直接面对蓝天白云的机会"。

生活本身是多姿多彩的。享受俗世生活的快乐，亲近自然，遵循本心。不沉迷于虚拟的空间，回归真实的自己。

7

"洞庭波冷晓侵寒，日日征帆送远人。几度木兰舟上望，不知元是此花身。"这是李商隐的诗作《咏木兰》。朱良志先生评说："这诗中别有天地。驾着一叶小舟，日日在凄冷的洞庭湖上远行，去追求理想中的木兰花。然而自己驾着的就是木兰小舟，自己原来就在这木兰舟中。香就在自身。"

在寻寻觅觅中，自身与花香已融为一体。

所谓"闻香识人"，朱良志释道："艺术家常常以开玩笑的口吻说：'抖抖身上，似乎别无长物，就剩下这点香气。'这香气，是生命内在的活力。"

正如那恬静温柔的笑，即使春去秋来，花开花落，许多年以后不可能再拥有一头秀美的短发、一张姣好的容颜，但那恬静温柔的笑，一定还是在的，因为那样的笑所蕴含的气韵，是发乎内心的纯正、恬淡、超然，是生命内在的活力。

8

凌晨醒来，窗外有雨声。

不禁想起川端康成的《花未眠》中的句子："自然的美是无限的，人感受到的美却是有限的。"

我们常常忽略了"花未眠"的存在。

画家雷诺阿说："只要有点进步，那就是进一步接近死亡。这是多么凄惨啊。"他又说："我相信我还在进步。"这是他临终时说的话。米开朗琪罗临终时的话也是："事物好不容易如愿表现出来的时候，也就是死亡之时。"川端康成开笔先是将读者的情绪压抑着，让我们感觉到了死亡的气息。

人生短暂，似水流年，正如"花未眠"，这是众所周知的事情。花独自开放，美丽而哀伤。人生，说到底也是一曲美丽而哀伤的歌。

　　这种情绪似乎太沉闷了。如此沉闷，如此郁郁寡欢，是为错。川端康成的本意是及时捕捉生命中的美。他谈及身边的事，重新感悟他第一次发现的诸多的美，比如一朵插花、一幅花画、一座铜像、一只小狗、一抹晚霞……他说："自然总是美丽的。不过，有时候，这种美只是某些人看到罢了。"

　　那么，这凌晨的风应该也是美的，人生，应该也是美的。只是有时候我们未曾用心发现而已。具有感受美的能力的人，其精神总是愉悦的。雷诺阿说的所谓"进步"，也在于感受美的能力的进步。雷诺阿临终时说的"我相信我还在进步"，是一种多么坦然的满足，而这种内心的坦然和满足，正因为他拥有一个时刻感受美的人生。

再读林语堂

最近常常翻阅《中国现代文学史》，对其中评价林语堂先生的文字十分感兴趣。曾读过《林语堂著译人生小品集》，在书中用笔圈点了许多精妙的文字。

《中国现代文学史》中说林语堂先生是二十世纪三十年代前半期的"论语派"主帅，开创了在中国文坛首倡幽默的文学，其幽默文学以"性灵"为命脉，以"闲适"为格调，他所开创的闲谈式的散文笔调，以极自由的形式，谈天说地，庄谐并用，化严肃为轻松，恰如密友攀谈，全无客套，更无八股气。通过他的努力，使闲话风的散文体式提高了其文体地位。一九三三年中国文坛刮起"幽默风"，一九三四年刮起"小品文风"，足见语堂先生独特的魅力。

此外，他为文的思想非常有个性，他写过："做文人，而不准备成为文妓，就只有一途：那就是带点丈夫气，说自己胸中的话，不要取媚于世，这样身份自会高。要有点胆量，独抒己见，不随波逐流，这就是文人的身份。所言是真知灼见的话，所见是高人一筹之理，所写是优美动人之文，独往独来，存真保诚，有骨气，有识见，有操守，这样的文人是做得的。"他的那本《人生小品集》里所论述的思想，我相信对很多读者都产生过深远的影响。其崇尚自由、提倡幽默、淡泊名利、愉悦人生等思想，都或多或少帮助我们化解了生活在现实中的人难以排解的苦闷。至少对于疲惫不堪的现代人来讲，闲时读一读他的书，对于保持平和的心境，是很有益处的。

语堂先生是福建人，自小即接触四书等儒家经典和基督教义，年纪稍长又开始接触英语，于东西方文化俱有了解。其幽默文学观的形成，深受英国散文始祖乔叟、散文大家斯威夫特、小品文鼻祖艾迪生等人的影响。他曾盛赞英国闲谈体散文作家们的言论："引文皆翩翩栩栩，左之右之，乍真乍假，欲死欲仙，或含讽劝于嬉谑，或寄孤情于幽间，一捧其书，不容您不读下去。"因此，他幽默小品中英式的睿智、畅快与自由发挥的"个人笔调"，都留有英国闲谈体一派散文的印记。但由于他"融汇古今，贯通中西"的宗旨与艺术追求，语堂先生在写作时融合了东西方的智慧，从学养与情趣等方面拓宽了散文文体的路子。语堂先生曾为自己做了一副对联——"两脚踏东西文化，一心评宇宙文章"，这副对联囊括了他一生的治学方向和艺术追求。他对中国现代散文所做出的贡献是不可磨灭的。

　　语堂先生出生于一八九五年十月，病逝于一九七六年三月，享年八十岁。

读胡适

1

孙郁著有《微笑中的异端——影像中的胡适》一书，其中有一段评价胡适和鲁迅的文字：

> 读胡适的书，心平静得很，像在高楼上一步步攀登，崇高也有，平淡也有，似乎世界被裹在一个笼子里，而鲁迅的文章，却打开了精神的围墙，四面是茫茫的旷野，荒漠与沉寂主宰着一切。胡适告诉你明天是美好的，问题是选择一条怎样抵达明天的路；而鲁迅则说希望本无所谓有，也无所谓无，这正如地上的路，其实地上本没有路，走的人多了，

也便成了路。

喜欢鲁迅的文章，也喜欢胡适的风度。前辈们对中华文化的贡献，随着时光的流逝，愈发闪耀着永不褪色的光芒。他们的思想和精神让人景仰。人世间，光明无处不在，黑暗也无处不在。我们不能忽视黑暗，但前进就是为了光明。就我们普通人的日常生活而言，胡适的精神指向，可以平静世俗中时常烦躁的心，正如"日光底下无新事"，取一个什么态度，决定你生活的质量，决定你遇事是否公正、通达与宽容。"人类要做的事情，十分简单"，鲁迅直指黑暗并不是绝望，他要指出社会丑陋的疮疤，让人警醒，而非麻木不仁。然而，人们总是希望生活得美好，胡适自信而旷达的人生态度，值得我们细细体会。

2

胡适致学生的书信，可看出胡适的为师之道，读后令人敬佩。

孙郁在《微笑中的异端——影像中的胡适》一书中摘录了一段大约是在一九三四年，胡适致郑中田的信：

我劝你不要把你的职业看作"市廛俗气坑"，一个人应该有一个职业，同时也应该有一个业余的嗜好。一切职业是平等的：粪夫与教授，同是为社会服务，同样是一个堂堂的人。但业余的嗜好的高下却可以决定一个人的前途的发展。如果他的业余嗜好是赌博，他就是一个无益的人。如果他的业余嗜好是读书，或是学画，或是做慈善事业，或是研究无线电，或是学算学……他也可以发展他的天才，把他自己造成一个更有用的人。等到他的业务有了成绩，他的业余就可以变成他的主要职业了。

如果你能把你的职业不仅仅当作用以吃饭的苦工，如果你把它看作是一个值得研究的东西，你就不会嫌它俗气可厌了。你若有文学天才，你一定可以从那个"俗气坑"里发现许多小说材料。你若肯多读书，你一定可以设法改良它、发展它。

在胡适眼中，无论从事怎样的职业，其人格都是平等的。然而，业余嗜好却决定一个人的生活品位和发展前景。

胡适的平和让人惊叹。是怎样的信念，才能成为他心灵深处的定力，坚不可摧。非大智慧、大胸襟不能为之。他始终以理性对待万象，以宽容对待个体生命的存在，但是，也许他的内心是孤独的，就如同所有具备独立之精神、追求自由和民主的文人内心孤独的滋味一样。他们每个人因个性气质、所受的教育以及生长的环境等诸多方面的差异，而选择了不同的文体与表达方式，形成了各具魅力的风格，但是他们为推动人类社会进步所发出的声音都是那么富有理性、激情、悲悯的光泽。

　　且读胡适的这句话："我们的真正敌人是贫穷，是疾病，是愚昧，是贪污，是扰乱。这五大恶魔是我们革命的真正对象。"也许他的这些观点，放在当时那种黑暗的白色统治时期是不合时宜的，在那个时期革命的主要任务是斗争，是反抗，是推翻黑暗的统治，是救劳苦大众于水深火热之中。然而，观照我们现世的状况，这五大恶魔不也正是阻碍人类社会发展的丑恶的绊脚石么？

　　胡适的声音具有穿透历史的力量，先知先觉，正是由于其有科学和理性的导航。再看他说：

　　　　东方文明的最大特色是知足，西洋的近代文明的最大特色是不知足。

　　　　知足的东方人自安于简陋的生活，故不求物质享受的提高；自安于愚昧，自安于"不识不知"，故不注意真理的发现与技艺器械的发明；自安于现成的环境与命运，故不想征服自然，只求乐天安命，不想改革制度，只图安分守己，不想革命，只做顺民。

　　这段话确是发人深省。安于现状、不思进取、得过且过的心态，在国人当中还是大量存在的。

3

胡适是典雅、随和的人，对别人的宽厚态度堪称表率。孙郁说他具有典型的"君子之风"，平易、亲切、公允、正派，这不仅是旧派文人中所少有的，在新派学者中，也是罕见的。

胡适周围的人都很喜欢他。

温源宁在《胡适博士》一文中说：

> 在少数人眼中，胡适博士不是老练的敌手，就是很好的朋友。在大多数人眼中，他是老大哥。大家都认为他和蔼可亲，招人喜欢，甚至他的死敌也这样看。他并非风流绅士，却具有风流绅士的种种魅力……他有个妙法，能叫人在他面前无拘无束。傲慢的人，受到他的殷勤款待就高兴，愚拙的人，看他平等待客也觉得舒畅。他颇有真正的民主作风，毫无社交方面或才智方面的势利眼。

林语堂曾写道：

> 适之为人好交，又喜尽主谊。近来他米粮库的住宅在星期日早上总算公开了。无论谁，学生、共产青年、安福余孽、同乡商客、强盗乞丐都进得去，也都可满意归来。穷窘者，他肯解囊相助；狂狷者，

他肯当面教训；求差者，他肯修书介绍；问学者，
他肯指导门径；无聊不自量者，他也能随口谈谈几
句俗语。

可见，这样的人哪个不喜欢呢？正所谓"大肚能容天下
难容之事"，胸襟如大海般广阔，坦荡磊落，宽以待人，却
没有高高在上的派头，这个样子是做作不出来的。

胡适曾有诗云："不畏浮云遮望眼，自缘身在最高层。"
从中可窥见其处世为人的态度和涵养。他并非清高得将自己
挂起，而是将眼光穿透那重重浮云。

孙郁在《现代孔夫子》一文中有两小段评论，可引发
深思：

生活在朋友和友谊之中，是幸福的。他的心
永远向世人敞开着，他付出了代价，也赢得了友
情。……人间的仇视、残杀，常常在于人心的隔膜。
胡适是一个向隔膜挑战的人，虽然他和周围的许多
存在是对立的，但他却以自己的坦诚去弥合裂缝，
试图将异样的存在置于同一个调色板里。不同的个
体，可以按各自的存在方式较为和谐地存在于同一
个空间中。他相信科学和理性，能够将人引向这样
的世界。

自古以来的文人，大多愿本着"士为知己者死"的原则，

生活在自己的小圈子里，这个圈子让人得以自娱自乐，不被外在风潮所左右，像一座相对独立的象牙塔。胡适也是有圈子的人，他的家，就是一个小小沙龙，但他很少锁着大门，因为他知道，个体的、小集团的、阶级性的存在，均无法涵包人间的一切。他微笑着审视着客体世界，每一个闪烁过智慧的生命、每一种流动过的社会思潮，他都持以一种宽容的态度，这使他赢得了朋友，他自己的世界也变得阔大起来。人超越自我或者超越小集团的利益往往是困难的，但他勇敢地迈出了这一步，仅因此，"他的同代人中，可与之比肩者，可谓鲜矣"。

不仅是胡适那个时代的人，就是现今的文人，能做到他具备的这一点也是少见的吧。"文人相轻"的观念，在当今文人心中似乎还是顽固不化的。

现代社会中，每个人对他人或多或少都是怀有戒心的，终日所戴的"面具"也是沉重的。物以类聚，人以群分，人们大多都生活在自己的小圈子里，感觉这样可能比较安全，因此也渐趋目光狭窄、心胸狭隘。

徐志摩曾说："现代的文明只是骇人的浪费，贪淫与残暴，自私与自大，相猜与相恶，飓风似的倾覆了人道的平衡，产生了巨大的毁灭，芜秽的心田里只是误解的蔓草，毒害同情的种子，更没有收成的希冀。"如今，整个社会正逐渐走向现代文明之路，人的心态似乎平和了许多，但是在利益冲突面前，徐志摩所指的人性之恶依然存在。胡适的海涵与包容也并非没有原则地用滥了情感，但是他尊重个体存在的态度，他的"君子之风"、他的典雅和随和，是世人净化时常浮躁之心、消除邪恶之念的良方。和谐，是人类社会对人际关系走向完美的追求；和谐，对于每一个生命个体而言，都是一种幸福和快乐。

4

孙郁在《另类的自传》一节，评述了胡适的日记，我觉得有趣，也佩服胡适的用心和耐心。他的日记不单字写得相当工整，而且包罗万象，除了有私人记事，他还每天剪贴报纸，日记囊括了各种新闻，因此篇幅多得惊人。兼具时事资料的汇集，是他日记的一大特色。试想，有多少人能做到这样的耐烦，保持这样的热情。想来，胡适真是个好学的人，并敏感于时事。孙郁评价说："胡适的日记，绝无雕琢之迹，那是他心性的外露，虽显得繁杂，但细读内容，还是真实的。他写生活感遇，写读书心得，写学术构想，写时事点滴，把日常的风格、生活的情调，都融入其中了。读这样的文本，好似自传，许多珍贵的瞬间，都凝固在这里了。"

想深入了解中国文人，可多阅读他们的日记。许多文人在日记中留下笔墨，留下了岁月的身影及他们瞬间的思想，日记往往体现了一个"真"字和精神的个性。

5

从孙郁的一段记录中，我又一次读到了一个关于爱情的苍凉的故事。

爱情，是短暂的甜蜜，如昙花一现，带来的却是长久的忧伤。诗人们总是饱含深情地歌咏爱情，也因为它是人类瞬间爆发出的最真切最纯美的情感，因而显得尤其珍贵。

爱情是人一生中最美丽的季节。胡适就是在他最美丽的季节里，遇上了爱情。可是，由母亲包办的婚姻，给他留下的是一生的苦味。虽然他与心仪的女子共坠爱河，情不自禁，但他却不得不恪守着人道，终生与法定的妻子相伴，将心中的爱，深深地藏在心底。

这是怎样一个苍凉而寂寥的结局！

在人类的诸多情感中，爱情所带来的独特体验，它的唯一性、占有性、排他性，非其他情感所能比拟。那心灵的激荡往往是刻骨铭心的。然而，爱情虽具唯一性却不是人生的全部。胡适平静地接受了母亲给予的婚姻，平静地接受了妻子给予的爱，也同样平静地给予并享受着人间烟火的天伦之乐。

这需要多强大的理性的克制！胡适内心痛苦的感受，他的欲哭无泪，又有谁能知晓？在我看来，在人的一生中，爱的能力是巨大的。胡适把深邃的目光投向了广阔的世界，把如大海般博大的爱给了他所热爱的事业，永不停止地上下求索，并为之付出了毕生的辛苦，给后人留下了宝贵的精神遗产。

人的尊严和高贵，也在于此。

会心一笑

《野果》是世界著名自然主义大师梭罗的临终力作，是他倾注其生命最后十年全部心血的力作，其文笔之老练，超越了他的《瓦尔登湖》。该书沉湮了一百五十多年，才得以面呈中国读者。

译者石定乐在序文《和梭罗一起采野果》中写道："这是我多年来唯一一本译得很快乐的书，作者内心的热情和叙事的朴素感染了我，借翻译此书这个机会，不仅再读大师的文字，更重要的是，在此过程中，重新被作者那种对生命中美好事物发乎本心的热爱而感动。这本书的翻译工作随着春天的来临开始，译稿工作和春天的脚步一起走，在翻译工作中我常常会心而笑，不被作者感染还真难。"

的确，当我读到此书开篇的第二节《蒲公英》时，我就会心而笑了。文笔轻松、舒缓，令人愉悦，且被作者感染着，仿佛回到了孩童时期，而且惊讶于他们的风俗："也许我们还没来得及多看一眼，它们就早早捧出那些嫩黄的小花盘了——蒲公英的种子就这样长成并被包裹在可爱的球里。男孩儿总忍不住要使劲对着这些小毛球吹气，据说这样做可以预测自己的妈妈是不是需要自己去帮个忙、搭个手——如果能一口气把小毛球吹得一下全部飘散开，那就是说还不用赶着去帮忙。第一次看到这些绒毛在空中轻盈地飘呀飘呀，渐渐落下，真是开心呀。到了六月四日，蒲公英已经把种子播撒在茂密的草丛中了。放眼望去，无数毛茸茸的小球点缀着草地，孩子们则开心地拔下蒲公英多汁的梗子做指环玩。"

不知在中国是否有这样的风俗，吹着蒲公英便会想起妈妈，便会想到妈妈是否需要帮助。记得小时候，在郊野路边经常能见到蒲公英，也常常采摘一两朵觉得吹着好玩，看见那些绒毛在空中轻盈地飘呀飘呀，只觉得开心，却未曾想过还有别的什么含义，或者每一粒绒毛都承载着孩子们的欢乐和想象：它们多么轻盈自在、纯洁美丽，可以在天上飘呀飘的。孩子们都是喜欢飞翔的，在孩子们眼里，一切自然现象，都象征着新奇和快乐。

译者石定乐说："《野果》这本书还有助于读者更理解作者梭罗。大多数人因为《瓦尔登湖》而知道梭罗，加之了解他与先验主义哲学家爱默生的师生兼好友关系，使得读者容易误读梭罗，以为他是个隐士，抬头只看星空，低头只看湖水，平视眼里只有瓦尔登树林。这一来反而忽略了《瓦尔登湖》记录的是如何更好观察、分析、研究从自然界里得来的音讯、阅历和经验，从而探索人生、思考人生、批判人生，阐述人生内蕴的更深规律，并用更积极的方式展开人生并超越人生。这种忽略和误解，还使我们往往把他在瓦尔登的生活当成世外桃源的生活、逃避压力的样本，还觉得他讲得再好，也很难效仿（如果不是友人爱默生买下那块地让他去盖房居住，他本人也很难身体力行），所以更自惭形秽。《野果》能让我们更明白他多么热爱生命，而他的学养、天赋和明达又使他在热情拥抱欣赏自然时能深刻审视人与自然的关系。我们可以会意到：每个人心中都有盏灯，如果愿意点亮，就能从平凡生活中获取更多喜悦，也会汲取更多经验，生命于是得以扩展。"

我以为，石定乐的评价是中肯到位的。说实在话，读《瓦尔登湖》时，我并不能饶有兴致地仔细读，而书中有两个细节却深入我的脑海，一是："人们常在误导下辛勤劳作。"这句话似乎可以衍生出许多内涵；二是结尾的一段话："遮住我们眼前的亮光，对我们无异于黑暗。唯有我们清醒的时候，天光才大亮。天光大亮的日子多着呢。"

而对于石定乐所言——读《瓦尔登湖》时容易误读梭罗的想法，我认为这是存在的。而我在读《野果》时，不仅能单纯地读到作者以文学家优美的文笔所描述的自然界植物的生长规律及特性、它们所呈现的自然之美，而且能感受到作者并不是单纯地在写自然，而是在写自然的同时，有着对生命的感悟和对现实社会及人生的一种批判。有些批判直至今日仍有其现实意义。我想，这种预见性和超越性，正是《野果》这本书更深一层的价值所在。

梭罗的《草莓》这一节，堪称一篇优美的散文。该篇不仅对草莓的生长及特点有一番精密的描述，而且在作者采撷及品尝草莓的时候，读者也可以随同作者一起感受到一种生活的乐趣。

读《草莓》这一节时，我想起应该是在初夏时节，我曾经过一些郊外的地方，也能看见采摘草莓的田地，路边有农家摆着小摊做着小买卖，他们为路人提供小竹篮子以作采摘草莓之用。路人兴致盎然，手里拿着个小竹篮子，沿田埂一路走过去，看见红艳欲滴的草莓就摘下来放进篮子里。往往只一会儿的工夫，篮子里就装满了草莓。然后用水随意洗一下，再一口一个地吃下去。草莓果汁饱满，入口有一种清香而酸甜的味道。或许从小在城市里长大的人对这种采摘方式颇有新鲜感，而如果儿时在农村长大，后来在城市定居生活久了，也可重温过去在农田里劳作的情景及采摘丰收果实的喜悦心情。

读完《草莓》这一节后，我想休息一下。的确，这不是一本非得一口气读完的书。读它可以在清晨、在午后或在夜晚，凡是宁静时分皆可。享受着一个人独处时闲适的况味，拿起《野果》这本书静静地读，与梭罗一起走访静观那些植物，认识其奇妙，发现其乐趣，还可以徜徉在那些朴素的叙述之中，学习作者优美的文字，感受作者热爱自然、热爱生命的情怀。

　　译者石定乐对梭罗有一番深入的研究和独到的见解，可以让读者在阅读梭罗的文字时感到有所启发："我们中大多数人不专门研究历史、不穷其一生思考哲学、不能理解有机化学，不具备精英们的那种批判反思意识、不能明确意识到梭罗也对工业化和后现代文明做了富于远见的批判，但这不妨碍我们享受梭罗的思想成果，我们仍能从这本书里读到生命、生活和自然，感受作者在自然里获得的喜悦和充实，唤醒我们对自然和生命的感恩。读一本好书犹如行一段美妙旅程，旅行结束后，虽然你的空间看起来还是那样，但微妙的变化却由此产生，你的思考和行动也或多或少会有些变化。读这本书也有如走上一段旅程，途中不会有波澜壮阔、惊险曲折，却会令人回味无穷，还会有无数小小的乐趣和收获。因为我们的导游和同伴是梭罗。这本书里的梭罗与写作《瓦尔登湖》的哲人相比，更像个可亲可爱的游伴和植物学老师，听他娓娓道来后，觉得身边一切草木是这样可爱、和谐、宝贵，原来世间生命就是这样相互依赖、相互扶持。这本《野果》除了能让读者感到轻松，想实践也不难。带上这本书，它还可以成为旅程中的野果词典或采摘指南。"

　　我感受到了这本书的魅力，同时也在想：是什么力量让梭罗倾注其生命最后十年的光阴，艰苦卓绝地完成了这部心血之作并为后人留下了一笔宝贵的精神财富？恐怕唯有热爱才是最佳的答案。热爱自然，热爱生活，热爱生命，并始终有着敬畏和感恩之心。

　　热爱、执着、感恩、敬畏，并自觉而勇敢地完成穷其一生的使命。我想这正是许多大师精神高贵的一面。

　　我将继续走访《野果》，完成这段旅程，在梭罗的指引下，美妙地会心一笑。

颇为纠结的好天气

小说《一个人的好天气》(青山七惠著，二〇〇七年获日本芥川龙之介奖)。一本薄薄的小书，两三天就可以读完。掩上书时，还真颇费思量。小说情节简单，讲一个二十岁的女孩知寿到了东京，寄居在七十一岁的舅奶奶吟子家，打工、恋爱、生活。女孩心思敏感，有时孤单无助。不喜欢学习(指上学读书)，希望能早早地在社会上靠自己的努力自立，这即是她朴实的生活理想。女孩成长在单亲家庭，与妈妈似乎有些隔阂，漠视妈妈的关心，却与舅奶奶相处融洽。活跃躁动的女孩与淡定从容的舅奶奶形成了较为鲜明的对比。作者将一个女孩在成长时期的敏感、对未来朦胧不确定的希望，都表现得恰到好处。书中好像是漫不经心地描述着那位长期独居的老奶奶，独自活得有滋有味：打扮、绣花、跳舞、与年龄相仿的老人约会、吃饭、游玩，彼此间无多话，却也默契无负担，只在心里多了一份牵念和寄托。女孩不解甚至嫉妒起舅奶奶来，不知舅奶奶为什么能做到如此安然地生活。舅奶奶在一次简短的对话中说，年轻时把痛苦都用完了。女孩与老人之间的谈话总是简短的，却颇有味道，在那些跳跃性的简短谈话中仿佛能捕捉到老奶奶的些许记忆。

女孩、妈妈、舅奶奶，三个不同年龄阶段的女人，象征着女人一生的命运。小说仿佛在告诉人们，尽管三人生活在不同的年代，但从一个女孩的身份，到中年，到老年，这样的命运对每位女性来说又有什么区别呢？成长时期的敏感、对未来生活的憧憬与不确定、对情感生活的渴盼与迷惘，都是人类共通的情感。她们的可贵之处，在于对生活永远不失去信心，享受生活所赋予的点滴平凡的快乐，并且内心充满热爱。

生活中大起大伏的时刻少，大多日子是平凡无奇清淡如水的，一天又一天地生活，并无新事。日子在这平淡无奇里悄然而过，你发现了什么呢？对，发现，这需要独特的观察力。女孩是幸福的，总在期盼着，妈妈也是这样。而老奶奶，在所剩无几的生命时光中，抓住那些一点一滴的愉悦，内心豁达而明净。

可以说，这是一本读来轻松，却引人思索、时代感强的小说。我自己感觉与读者的生活很相近，就像是一个真实的故事，作者轻言细语地讲述着。读完后，感觉故事并没有结束，在读者自己的想象中无尽延展……

当然，这是初读此书后留下的一点印象。这颇为纠结的"一个人的好天气"，其实在现实生活中，我们都在经历着。

村上龙评价小说的艺术性时说："我推荐青山七惠女士的《一个人的好天气》，在读这部小说时，我竟然忘记了这是候选的作品，而进入其中后，我感觉仿佛自己成了主人公。开始的时候，我觉得那些对话写得很真实，渐渐地又为作者的观察力或者说是眼光的准确性感到惊喜。《一个人的好天气》这部作品的'核心'场所是这样设定的：主人公寄宿的房屋'小院篱笆墙对面就是地铁站，中间只隔着一条小路'。小说一开始就很不经意地介绍了这个小站，之后它又多次出现在与主人公心情相对应的各种场合，就连在给人留下深刻印象的结尾中也出现了。这个车站的站台，是作者依据自己的眼光和观察力'构筑'的，而且它在整个作品中还具有标志性建筑般的象征意义。主人公以这一场所为媒介，眺望世界，描绘别人眼里的自己。我想作者并非是'有意识地'设定这一场所及其意义的，应该说是凭借直觉捕捉了无意中浮现在脑海里的东西。"

小说由《春天》《夏天》《秋天》《冬天》《迎接春天》几个章节组成，作者似乎有意识地在暗示着什么。车站，一个诗意、温馨、有时却是苍凉的画面，或者可引申为人生的驿站吧。我们从这一站到达下一站，来来去去，眺望着、漂泊着、努力着、期待着，没有终点。

最美的决定

一

如果一个人遇上了爱情，并沉浸在爱情的甜美之中，总是会感到无比的温馨和喜悦。在《E.B. 怀特书信集》里，E.B. 怀特给妻子凯瑟琳·S. 怀特的便笺上写着："E.B. 怀特渐渐习惯了这样想：他做了此生最美的决定。"

书中介绍："E.B. 怀特（1899—1985）是 20 世纪最伟大的美国随笔作家。作为《纽约客》的主要撰稿人，怀特一手奠定了影响深远的'《纽约客》文风'。怀特对尘世上的一切都怀着'面对复杂，保持欢喜'的态度，其人格魅力与文字修养一样山高水长。除了他终生挚爱的随笔，他还为孩子们写了 3 本书：《精灵鼠小弟》《夏洛的网》与《吹小号的天鹅》，这 3 本书被誉为'20 世纪读者最多、最受爱戴的童话'。《纽约时报》为怀特逝世发表的讣告中称：'如同宪法第一修正案一样，E.B. 怀特的原则与风范长存。'"

我素来偏爱随笔，觉得此类文体可信马由缰、不拘一格，所写可为日常小事、内心的琐碎感受，写来随手，读来有贴切之感，行文也不失作者个人的优雅与睿智。

于是，因想了解这位 20 世纪最伟大的美国随笔作家 E.B. 怀特的随笔，便从书店里把这本书买回来，闲暇时细细阅读。因为是书信，里面有许多琐碎的记录，文笔却从容且温文尔雅，其中不乏优美的描述、细腻的情感及作者对于写作的思考。

正如约翰·厄普代克在该书序中所言："《E.B. 怀特书信集》是作家迄今为止最长的一部作品，也是他所有作品中最具有自传性特征的作品。他显然从未尝试过创作长篇成年人小说，但他的书信带给我们一般小说无法给予的东西：生活的日常细节、那些令人疲惫厌倦的责任和礼仪、那似乎无休止的生计维持（尽管它终有尽头）、那些奔波劳作中日积月累的或被遗忘或被怀念的时光。"

我想，记录日积月累的生活，记录那些值得怀念的时光，记录岁月中值得记忆的琐碎，当我们年老时，翻阅自己一步一步的人生脚印，还有每一个瞬间的感悟、每一次思想碰撞的火花，我们会发现原来自己曾经那么努力过、美好过、丰富过、甜蜜过，这真是一件幸福的事。

"无论是对于年迈的还是年轻的怀特，容易焦虑都是其一大性格要素。"我想探究他的性格中为何会有这种焦虑的情绪。他对尘世的一切，"面对复杂，保持欢喜"，是我欣赏的一种态度。

美国国家图书委员会称："我们要感激 E.B. 怀特，不仅因其散文堪称完美，不仅因其眼光敏锐、乐观幽默、文字简洁，更因其多年来给予读者不论老少以无尽的欢乐。"

《纽约时报》称："E.B. 怀特是拿捏习语——那些既切中肯綮又教人遐想、既卓尔不群又耳熟能详的字眼的大师。种种机智之语，常在他口中娓娓道来。"

单看这两段推介语，我就想，在阅读这本书信集的过程中，也许可以学习和领悟到很多东西。

二

在《E.B. 怀特书信集》里，E.B. 怀特为妻子凯瑟琳·S. 怀特写了一首小诗《自然史》：

蜘蛛从枝头上掉落，
松开自己织好的网：
编成了细索一副
用来攀着往上。

方才那一路的跌下，
落得飞快，心有不甘，

　　　　它要造一座梯子，
　　　　返回开始的地方。

　　　　因此，我也奋力学蜘蛛那样，
　　　　从蛛网里将真理悟出，
　　　　扎一条丝线在你心上，
　　　　好回到你身边去。

　　我喜欢读这种清新隽永的小诗，富于情趣、温情又令人引发哲思。

　　可想而知，当 E.B. 怀特的妻子在读这首小诗时，读到"扎一条丝线在你心上，好回到你身边去"一句，她会有多么甜蜜和温暖！

　　作家竟然从蛛网里悟出爱的真理，他想学那蜘蛛建造一座爱的梯子，回到爱初始的地方，纯粹的、自然的、美好的地方，可谓匠心独运，令人慨叹！我想，唯有爱的力量，才能激发出这样奇妙的灵感。

三

　　E.B. 怀特希望在离开《纽约客》工作的一段时间里，能创作一首自传体长诗。为此，他写了一封长信给妻子凯瑟琳·S. 怀特，可见其良苦用心。其中有一段他这样写道：

　　写作是一种秘密恶习，就像自我虐待。一个对这样或那样事物充满了诗意渴望且倍受渴望煎熬的人，会去找寻一种才智和精神的隐秘之处，并沉溺于此。为了找到这隐秘所在，即抒情精神徜徉之地，他并不一定非得愁肠百转，在生活中真的摒弃所有人和事物，但是确实得放弃某些简单的例行习惯，如上班赚钱和疲于奔命等。这就是我打算在我这一年要"做"的事情。我辞了工作，从某种意义上，我也就撇开了家人，这可是非常严重的事情了，这也是我为什么要费心写此信的原因。

　　E.B. 怀特在此封信中对于放弃工作、撇开家人进行了一番解释。他写道："说是撇开家人，我的意思并不是要离开大家，我只是说想遵从男人古已有之的那种来去不定、无拘无束的特权，而不是循规蹈矩。……我只想借此告诉你，我有了新规则，怎么想就怎么干，而不是只有固定的家庭劳务和办公室工作。"

　　这封信的落脚点，是 E.B. 怀特"始终得自己写自己的东西"。

　　从 E.B. 怀特写给妻子的每一封信中，可看出他对妻子的热爱和尊重。凯瑟琳·S. 怀特也是《纽约客》的一名编辑，她比 E.B. 怀特年长，E.B. 怀特第一次遇见她，她已是一位有两个孩子的母亲。E.B. 怀特回忆道："我注意到，她长着一头浓密的黑发（一头鬈发），很有一套技巧，能让年轻的投稿人感觉轻松自在。我静静地坐在那里，凝神注目着我未来的妻子标致的容貌，像往常一样，对自己的举动毫无知觉。"

或许这正是世人常说的"今世情缘"。所以，E.B. 怀特在新婚时写给妻子："他做出了此生最美的决定。"

事实证明此言不虚。E.B. 怀特与妻子凯瑟琳·S. 怀特相亲相爱，相知相守，相互扶持，直至一生。

四

E.B. 怀特在他的书信集里写的这一段话我觉得有趣："到了夏天，我打算离开《纽约客》，至少离开一年时间，类似休年假性质的，而且我对此心情期盼与喜悦。我想知道，能不怀着编辑的焦虑心情和劳作让一周时间泰然经过，会让人有怎样的感觉。没等思想成形就非得将它们写下来，这太可怕了，而且我还持续不断地做了那么久。所以，到夏末我就停下工作，让自己投身于休闲的腐朽和精神的逆流中。我不知道何以维生，不过他们说可以依靠土地的肥沃。我始终可以宰杀一只漂亮而肥美的金丝雀的。"

E.B. 怀特虽然深爱纽约这个城市，但他渴望乡村生活。看完这段文字，我感觉他对赖以生存的写稿这一生计已经感到疲倦，想让自己放松下来，过一段休闲的日子。

这也是我时常会有的想法。有时去郊外，看见一大片田地，上面种着庄稼，有一户人家，盖着像别墅一样的房屋，这时，我心里总在向往着过这种田园式的生活。

在城市里居住久了，总希望能找一个幽静的乡村，在那儿住上个一年半载。看花鸟鱼虫，赏清风明月，呼吸清新的山野林间的空气，学我国古代田园诗人陶渊明那样，"采菊东篱下，悠然见南山"。

想象或期待，总让人感觉美好。

不过，陶渊明在《饮酒》中云"心远地自偏"，意思是只要心情闲适，心志高远，即使"结庐在人境"，市井喧嚣不绝于耳，其居所也会显得偏僻安静。这诗境可延伸至如何面对日常生活的枯燥与琐碎，只要心境远阔、淡泊，便可保持心情愉悦，寻得心灵的安静。

读书漫笔

1

　　杜甫的诗句"感时花溅泪"已成了千古绝唱,每当春天来临,尤其是在春雨蒙蒙的时节,眼看着花木凋落,伤感之情总会萦绕心怀,一叹再叹。

　　读卞之琳的散文《成长》,文中第一句便是"种菊人为我在春天里培养秋天。"这个句子颇耐人寻味。春天的景象是欣欣然的,历经了夏的如火如荼的考验,至秋天,虽是金黄遍地,硕果累累,熟得透了,便被肃杀的秋风如扫落叶一般,扫空一切,归于尘土,最后深埋在寒冬的冰冷里。人这一生,春天何其短暂,而夏天给了人太多的负重,秋冬季节,满目萧条,令人戚戚然,无言以对。

此时，我被杜甫的诗句、卞之琳的这篇散文所熏染，情绪顿然低落，此时心境正如卞之琳所写的"花刚在发芽吐叶，就想到萎谢，真是太冷酷了，对自己。的确，这是没有出息的想头。"

这"没有出息的想头"，能让你感觉到光阴飞逝，时间的秒针不停止地向前，不会再回头。一如我们的岁月、我们的人生。

四月芳菲尽展，百花怒放，满园的春色使人心旷神怡，想来，没有一人不爱这生气勃勃的景象。"一年之计在于春"，每个人的心中都种下了希望的种子，在阳光、空气、水分的滋养下，在人们满含的期待中，慢慢地生根发芽，吐出新绿，绽放花蕾，结出硕果。这当然是一个理想而如意的过程。然而，在现实生活中，这一过程并非都这么顺当。山有高低，路有宽窄，树有大小，花有开落，甚而是有一朵永远不开的花、一棵永远不结果的树、一方穷山恶水或是一条曲折百转的路。这世上可遇而不可求的事情谁又能说得清呢？可是，这些都不用去犹疑、徘徊和惧怕。不论路是宽是窄，太阳总是从东方升起，不论花期多么短暂、花蕾多么娇弱，但在开花的时候尽情吐艳，给人间带来芬芳，这是多么美好！山虽有高低之分，但只要心在青山，便能胸怀"一览众山小"的豪气；树虽有大小之别，但土壤是肥沃还是贫瘠都不会影响它们的根深深地扎在泥土里、在风雨沧桑中坚强站立。

春去秋来，世间万物一派生机盎然，灵秀氤氲。这是自然的存在。顺着这自然的流向，春有春的烂漫与火热，秋有秋的成熟与淡泊。"在春天里培养秋天"，用现代的眼光来看，倒是有些超前意识。去除青春时期的盲目与浮躁，怀有素心，从容淡定，朝着既定的目标执着前行，只有这样，才能迎来秋天的金黄绚丽。

2

"孙犁同志说写作是他的最好的休息。是这样。一个人在写作的时候是最充实的时候，也是最快乐的时候。凝眸既久，欣然命笔，人在一种甜美的兴奋和平时没有的敏锐之中，这样的时候，真是虽南面王不与易也。写成之后，觉得不错，提刀却立，四顾踌躇，对自己说'这小子还真有两下子！'此乐非局外人所能想象。"（摘自汪曾祺《自得其乐》）

读完这段话，觉得有趣。想想诸多喜欢写点文字的人，也是有过这番自得其乐吧。

汪曾祺的散文，纸墨含香，字里行间总是透着轻松、幽默和喜悦，让人会心一笑。

3

彦火在他的《异乡人的星空》一书中，有一篇题为《乡土和现代的沈从文》的文章，在《艺术家的感情》一节中，有关于沈从文谈写作的一段文字。

彦火写道：

> 今人汪曾祺，能写一手文字简约而意境绵绵的好文章，他曾亲口对我说，这是得自沈从文的启发。沈从文曾对他谆谆而道，写作如绘画一样，意笔比工笔来得高明和引人入胜。沈从文曾以宋元以来中国画为例，指出："这些绘画是以人事为题材，以花草鸟兽云树水石为题材，'似真''逼真'都不是艺术品最高的成就，重要处全在'设计'。什么地方着墨，什么地方敷粉施彩，什么地方竟留下一大片空白，不加过问。有些作品尤其重要处，便是那些空白处不着笔墨处，因比例上具有无言之美，产生无言之效。"

我也喜欢读汪曾祺的文字，简约、平易、意境绵绵。他的散文《多年父子成兄弟》给我留下了深刻的印象。

汪曾祺是沈从文的学生，其写作风格颇受沈从文的影响。他曾评价过沈从文的诗意语言，并说："沈从文是一个画家，一个风景画的大师。他画的不是油画，是中国的彩墨画，笔致疏朗，着色明丽。"（摘自《沈从文和他的〈边城〉》）

语言意识，应该成为写作者的自觉。

彦火写道："沈从文自称：'宇宙万物在动作中，在静止中，在我印象里，我都能抓定它的最美丽与最调和的风度。'"

4

人生是一门艺术。人之有寿，生命之短暂，往往令许多文人墨客嗟叹。如果在生命的旅程中，光满足于衣食住行，还达不到人生真正的需求，这种需求来自精神。没有精神的生活是淡而无味的。正如"人的性灵的传达，是中国艺术的根本"，那么人的灵魂的安放，是否也是人类追求的终极目标呢？

人能来到世上，受惠于自然，人的生活更是多姿多彩。郭熙提出了著名的"四季山景"的观点："春山烟云连绵，人欣欣；夏山嘉木繁阴，人坦坦；秋山明净摇落，人肃肃；冬山昏霾翳塞，人寂寂。"一方山水就是一方心灵的境界。人亦如此。随着四季的变化、年龄的增长、阅历的加深，境界会往深、往高走，我们应心向青山，心向自然，摒弃周遭凡尘琐事，更注重性灵的安顿。因为，一切物质性的东西都是外在的，它们不能排除人类心灵根本上的孤独，只有顺应自然，知晓生命的真谛，做性灵的远游，心灵才得以被安抚，此时孤独便是一种享受。

人是需要孤独的，孤独时可以反省吾身、梳理心绪，但也不是说要远离社会、远离群体。当你抛弃生动的世界的时候，世界也将抛弃你；当你抛弃朋友的时候，其实也是在抛弃自己。

朱良志在谈到中国艺术写意问题时说："扁舟作为一个象征物，是艺术家心灵的寄托。它带着艺术家作心灵的远足，驶向那理想的天国，那是他精神止泊的地方。摇动这扁舟，是要离开这尘岸；作精神的远足，那是为了应一个遥远的召唤。艺术不是技术，艺术乃安顿心灵之具，中国人将艺术就当作一叶扁舟。"如果放在人生中来理解，"扁舟"就是精神止泊的地方，这个地方可以安放你的思想、你的爱、你的灵魂。中国人向来追求一种"空"的境界，脱离满身的俗气，如苏东坡的诗句："宁可食无肉，不可居无竹。无肉令人瘦，无竹令人俗。"苏东坡表达了许多文人墨客、仁人志士追求的高洁的品质。

实际上，中国文人当中不乏生活的大师，如苏东坡、林语堂等，他们从俗世生活中体验到了更多更广的快乐，而这种快乐，就是来自生活的智慧，来自精神的止泊处。

5

读了一段林徽因写给沈从文的信，想来文人总是这么忧郁。林徽因在信中说：

> 可是此刻我们有个共同的烦恼，那便是可惜时间和精力，因为情绪的盘旋而耗费去。
> ……反正我的主义是要生活。没有情感的生活简直是死！生活必须体验丰富的情感，把自己变成

丰富、宽大能优容地了解，能同情种种'人性'，能懂得自己，不苛求自己，也不苛求旁人，不难自己所不能，也不难别人所不能，更不愿运命或是上帝，看清了世界本是各种人性混合做成的纠纷，人性又就是那么一回事，脱不掉生理、心理、环境习惯先天特质的凑合！把道德放大了讲，别裁判或裁削自己。……

林徽因信中的语言有点乱，我不能完全理解其中的语境，但隐约觉得我与她的心思有共通之处。林是一代才女，沈是著名作家，他们也是肉身凡胎，也会时常因生活中的种种苦恼着。

6

巴甫连柯说："作家是用手思索的。"看到"手"这个字时我不禁笑了。巴甫连柯真是有远见卓识，知道现今的人都不用笔来写作，用的是手指尖。当然，这是我的一句玩笑话。他的意思是手连心，心连脑，要勤动笔，修炼语言。

老舍也说过，无论他有得写，没得写，总之每天至少要写五百字。语言大师就是这样炼成的！

现如今，作家多如牛毛，有大师级的，有科班级的，也有草根级的。我以为，只要用心写，坚持写自己的文章，写得"明白清楚、有力能打动人、美"，就值得尊重。

7

中国人向来喜悠闲，这里面有很深的文化传统，是产自一种经过了文学的熏陶和哲学的认可的民族文化气质。

林语堂在《悠闲生活之崇拜》一文中说："要享受悠闲的生活只要一种艺术家的性情，在一种全然闲暇的情绪中，去消遣一个闲暇无事的下午。"

现实社会中，享受悠闲的生活似乎是一种奢侈，我们很少能有一个"闲暇无事的下午"，即便是有，恐也难以静心。人们身不由己地在江湖中奔波劳碌，到了节假日好不容易有空外出旅游，也是跟着旅游团乱哄哄地走马观花，一路劳顿，身累，心也累，想寄情于山水，也没那闲情逸致了。

现代化城市的高度发达，都市文明的日益繁荣，也给一向喜欢悠闲的中国人以巨大的心理挑战。不过，中国人善于调节自己的生活情趣，这也是受传统文化的熏陶使然。悠闲，在中国是很有磁场的，它根植在了每个中国人的内心深处。

在这烦嚣尘世学会享受悠闲的生活，我认为很有必要。要享受悠闲的生活，"须是有丰富的心灵，爱好简朴生活"，"如果一个人真的要享受人生，人生是尽够他享受的。一般人不能领略这个尘世生活的乐趣，是因为他们不深爱人生，把生活弄得平凡、刻板、而无聊"。（摘自林语堂《悠闲生活之崇拜》）

悠闲并不等于懒散。悠闲的真谛是深爱人生。在现实生活中，需把悠闲的生活与忙碌的工作区分开来。悠闲时尽情享受自然的简朴的乐趣，而不要去想工作上的事；忙碌时尽情享受工作的乐趣，却不忘拥有宽怀达观的意识。这样甚好。

8

经常听人说，有祖坟的地方就是故乡，或母亲在哪儿，哪儿就是故乡。这些观点都有道理。人们对故乡的依恋是与生俱来的，它是我们来到人世间后生命的初始之地，生命从故乡开始，从故乡出发。俗话说"一方水土养一方人"，不论走到哪里，走得多远，故乡的山山水水、风土习俗、人文底蕴，早已经深深地根植在了我们的血脉中。

约瑟夫·措德勒在他的一篇散文《故乡与远方》中写道："对我来讲，存在着'头脑故乡'和'呼吸故乡'的区别。"所谓"呼吸故乡"，亦即我们的出生地，象征的是安全、宁静和习惯，是熟悉的性格、语言、风俗和自然风光；所谓"头脑故乡"，是指"一个人寻找或选择的生存故乡，是人们靠自己的经验在朋友中确认自己位置的地方，不论是农村或是城市。在想法一样的人中间生活，灵魂的每一个细微动作都一起被朋友察觉，陌生感减少了，像是又回归家中：干完活儿在一起相聚，分享好奇、悲伤、愤怒和希望，或是为对方而高兴"。

在这里，约瑟夫·措德勒珍视的是友谊，是彼此精神的愉悦相处。朋友之间互相尊重和认可，一起分享快乐和悲伤，相互依赖为生存彼此取暖，携手并肩朝着美好的希望前行，所以他说："哪里有朋友，哪里就有故乡。"

这是很好的一种生存状态。大多离开故乡的人，当孤身一人来到一个完全陌生的环境中为生存而奋斗的时候，总是要承受许多孤独、无助和无奈。这个时候，来自朋友的友谊是多么重要。这友谊形成了一个相互鼓励和扶持、相互激发热情与创意的气场，有了这个气场，走到哪里都不会觉得孤单。

通常我们把赖以生存、充满希望、实现自我、获得幸福感的地方，称为"第二故乡"。多数人都是在"第二故乡"努力地生活着。约瑟夫·措德勒说："远方是愿望居住的空间"，因为向往远方更为广阔的空间，向往更加自由与美好的生活，人们毅然离开故乡的怀抱，以"初生牛犊不怕虎"的精神，去开辟一片新的天地。所以，应该也可以说：哪里有愿望，哪里就有故乡。

其实，无论离开故乡与否，我们的内心都有向往美好的愿望，换句话说，我们的内心都有一个精神的故乡，这精神的故乡所体现的内涵，是对信念的坚守、对理想的追求、对社会的回报。

故乡的土地是根脉，是人们勇往直前的不竭的原动力；精神的故乡，是人们文明生活的印证。

关于诗歌

对于诗歌，我是敬重的。我所写的，是一个人的诗句，只是随兴记录一些生活点滴罢了。记录心情的波动也好，记录所见所闻所思所感也好，其根源是因为有爱，爱人生、爱自己、爱所有值得爱的人和事。岁月流逝，无影无形，一些需要珍惜的日子和一闪即逝的思想，以文字形式记录下来，于我是宝贵的。我常在记录中学习和进步。仅仅这样，就觉得快乐和有所安慰了。

所以我记录时没有禁锢，想到哪儿写到哪儿。有时候，也只是胡乱涂鸦一些调皮的文字，只求开心，自娱自乐。

也因此，我时常有对于自己的不满意。

然而，有不满意，才是好的。总是处于开端，没有结局。而最终的结局，是人类必须共同面对的虚无。

只要是真实的，就是宝贵的，且不用管它的意义、手法、价值等诸如此类的概念。

寻找内心的安宁，从纷乱的思绪中理出一条清晰的脉络出来，这当然很难，人生在不同的阶段都会有不同的纷乱。人被生活中的种种烦恼所困，也许是因为内心没有形成一种坚定的力量。

爱默生在其日记里写道："诗歌的秘密从来也没有被解释过——它总是新的。我们除了惊讶于诗歌打动我们的微妙，以及它所继承的永恒以外，并没有更进一步。每一所房子里就是在玩耍的小孩都能说出神谕，却不知道它们就是神谕。它就像呼吸一样简单。它像是万有引力，它把整个宇宙聚集在一起，却没有人知道它是什么。"

这就是诗歌的内在秘密吧。它是简单的，像呼吸一样。我们往往觉得孩子说的话都富有单纯的哲理。诗歌也许写的只是一个局部世界，却不仅仅是一个局部世界，而是联接着全人类和整个宇宙。而对于读者，每个人都能结合自己的体验读出各种味道来，诗歌为读者展开了无限的想象空间。从某种意义上说，想象即是生命。

这正是我要反思的问题。

一个人寻找自己内心的精神秘密，这个过程和感觉真是妙不可言。回过头来看你曾经的足迹，是多么有趣的一件事情。

所以，不必担心写什么、怎样写，而要关心想什么、怎么去想。不必担心你所写的也许只是你一个人的情绪所生发的文字，只要是独特情绪中的自发，那么就会有共鸣。人类许多的情感都是共通的。你所经历的故事、你所有的忧思与喜乐，也许在过去或者现在甚而是将来，都有人曾经停留或会为此而停留。

然而，每个人都有一颗活跃的心灵。应记录下你自己独有的活跃的心灵，即形成个性的思想和语言，因它们是那样动人且富有生气。

我对朋友说，追求所有的美好，是因为热爱和敬畏。面对生命坚强地活着，并探索心灵的深广。朋友说，如果真能这样，一定能拥有一种快乐的内心生活。又一位朋友说，他在这样的世界生活着，总是需要隐忍的。其实，从客观上来说，每一个人都必须隐忍许多事。每一个人都是孤独的。

然而，我们也都知道，内心生活虽然是快乐的根本，但是有形的俗世生活，那些人间烟火同样是多么生动和诱人。那是人间天堂的天伦之乐，失去了这些，将是不完美的人生。美酒与佳肴、鲜花与微笑、许许多多温暖的情谊，还有太阳和月亮、山川和河流，自然界中的一切都在环抱着我们。我们头顶着蓝天、白云以及深邃的永恒的星空。人类与自然融合在一起，共同拥有一切生机和灵气。这个世界是多么美丽和宽广。

爱默生曾写道："一个意象能使诗人沉醉，而在其他人眼里很可能并不显得生动。事物的形式转换能在观察者心中激起一种欢乐的情绪。对所有的人来说，象征符号的使用都有一种使人产生解放感和兴奋感的力量。我们好像被一支魔杖

点触，像孩子们一样情不自禁地跳舞，四处奔跑。我们像从
地下室或山洞里走到了光天之下。"

　　他写过一首《诗人》：

> 带着野性的智慧，这情绪无常的孩子
>
> 用充满欢乐的双眼追逐游戏
>
> 目光如寻找道路的流星一般
>
> 用隐秘的光扯裂黑暗
>
> 它们越过视野的边缘
>
> 寻找着，以阿波罗的特权
>
> 透过男人、女人、大海和星辰
>
> 看见了自然在遥远处欢腾
>
> 透过期限、时代、世界与种族
>
> 看见了音乐般的秩序、珠联璧合的节奏
>
> ……

　　"看见了自然在遥远处欢腾"，这种"看"，应该是一种
很高超的"看"。不过，理论再怎么精辟，把理论当作教条
也是无益的，书本的东西不会一成不变，而且那是别人的积
累和创造。真正对自己有用和令自己感到愉悦的，是自己的
创造，是通过各种学习和体验得来的智慧，而这种创造和智
慧的形成，也需要一个不断渐进的过程。

兴之所至，漫然书之

《徒然草》前面的序言中写道："无聊之日，枯坐砚前，心中不由杂想纷呈，乃随手写来，其间似有不近常理事，视为怪谈可也。"

欣赏这段话。这本书亦是作者潜心思考的结果，也可理解为厚积薄发的结果。胸无文墨，也难把杂想纷呈的东西概以简洁的文字表述出来。随手写来，不必顾及旁人的目光，当是对自我内心的修行，聊以抒怀。

看此书介绍，作者并未将随手写来的文字梳理成册，倒是后人惜字整理而成。却不想，此书成了世人爱读之书，对后世作家也产生了深远的影响。此书相关介绍如下：

《徒然草》与清少纳言的《枕草子》并称日

本随笔文学的双璧，写于日本南北朝时期（1336-1392）。书名依旧文原意为'无聊赖'，也可译为'排忧遣闷录'。全书共243段，由互不连贯、长短不一的片段组成。有杂感、评论、带有寓意的小故事，也有社会各阶层人物的记录。作者写时是兴之所至，漫然书之，这些文字有的贴在墙上，有的写在经卷背面，死后由他人整理结集。

《徒然草》在日本长期作为古典文学的入门读本，是读者最多的文学作品之一，对包括周作人在内的后世作家产生了深远的影响。

此书作者吉田兼好（1283—1350），是日本南北朝时期歌人。其人精通儒、佛、老庄之学。周作人在《〈徒然草〉抄·小引》中写道："全书的解题……其旨趣则有说儒道者，有说老庄之道者，亦有说神道佛道者。又或记掌故仪式，正世俗之谬误，说明故实以及事物之缘起，叙四季物色，记世间人事，初无一定，而其文章优雅，思想高深，熟读深思，自知其妙。"

并说："《徒然草》最大的价值可以说是在于它的趣味性，卷中虽有理智的议论，但绝不是干燥冷酷的，如道学家的常态，根底里含有一种温润的情绪，随处想用了趣味去观察社会万物，所以即在教训的文字上也富于诗的分子，我们读过去，时时觉得六百年前老法师的话有如昨日朋友的对谈，是很愉快的事。《徒然草》文章虽然是模古的，但很是自然，没有后世假古典派的那种扭捏毛病。形式虽旧，思想却多是现代的，我们想到兼好法师是中国元朝时代的人，更不能佩服他的天才了。"

我认为，读此书，因为章节内容互不连贯，因此可以随便翻到哪一页来读。书中所写内容并不一定是自己感兴趣的或自己不能完全认可的，便可一跳而过，能够会心的部分，可以一读再读，可以达到一时的养心。有些文字，或许到了老时才更能体会吧。

我也很喜欢这种"兴之所至，漫然书之"的状态。这样的写作，颇为零碎，或者不能"成大器"，然而，比如吉田兼好的作品，终究有读者喜欢，并载入日本文学史中，保留至今，如今仍有阅读与鉴赏的意义。那么，这样的文字也是很难修炼的，这样的作品也是可能流转甚广的。

还有一点，他写作时心无杂念，不为功名，所以更能进入一种放松的状态。所思所想，随手写来，愉悦身心，凝聚自身思想的内涵。

编织希望和记忆

1

最近喜欢读点外国文学作品，它让我感觉到神性的存在，那种对神性敬畏和热爱的气息非常浓厚。

威廉·巴特勒·叶芝，是爱尔兰诗人、剧作家、神秘主义者。读他的《玫瑰的秘密》一书中的序，语言平易，让人心动。有时候读别人的书即会如此，或者是藏在自己潜意识里的话，或者是自己无法表述清楚的语言，经别人一说，竟觉得赏心悦目，便引为知己了。

一个人，其修养和学识越深厚，他为人为文就越是平易朴实、谦逊豁达，浑身沾满了生命的香气。

人的思想也不会是一成不变的，它会往更深的地方去思索。但是越往深处，其实是越简单的存在。它们始终离开不了一个精神的内核，比如，我们有的时候觉得好像到达了终点，却发觉竟还停留在原点。

叶芝在序中说："我就像每个艺术家一样，渴望从这个糟糕愚蠢的世界上的那些美丽、愉快、重要的事物中创造出一个小小的世界，并且通过幻象向任何听从我恳求的同胞展现爱尔兰的面貌。一个人听到的和看到的即为生命的丝线，如果他小心翼翼地将它们从记忆这个混乱的纺锤中剥离出来，那么任何人都能将它们织入最合他们心意的信念之衫中。我与其他人一样编织着我的衣服，然而我将尝试着保存它的温暖，如果它适合我的话，我将心满意足。"

我认为，"他将尝试着保存衣服的温暖"一句，里面深藏着某种含义，耐人寻味。如人饮水，冷暖自知，如何保存衣服的温暖，每个人的诠释会各有不同吧。那么，什么是真正的适合自己的"温暖"呢？

叶芝又说："希望和记忆的女儿名为艺术，她建造的住所远离那片绝望的战场，在那片战场上，人们在分叉的树枝上晾挂他们的衣服，于是衣服便成了战斗的旗帜。啊，心爱的希望和记忆的女儿，请在我身边停留一会儿吧！"

艺术建造的住所，可以"远离那片绝望的战场"，如果引申到我们的日常生活，是否也可以这样认为：让生命的艺术之花在身边停留，它会让你摆脱某种烦冗和绝望，把生命的丝线编织成信念之衫，始终保存适合自己的衣服的温暖，从而心满意足。

热爱生活并懂得生活的人们，都在努力地把这个糟糕愚蠢的世界的那些美丽、愉快、重要的事物，编进自己的记忆、梦境和希望里。

2

介绍凡·高画作《向日葵》的资料里称："对凡·高而言，向日葵是阳光和生命的象征，是他内心涌动的火热情感的写照，他创作了一系列以向日葵为题材的作品。《向日葵》这幅作品是凡·高同类作品中最为出色的一幅。整个画面以黄色作为基调，再以青色和绿色加以点缀，宛如一支旋律鲜明的交响曲。画家用激情奔放的笔触，使其中的每一朵向日葵都获得了强烈的生命活力。单纯的色彩、坚实的造型，也显示出了他非凡的绘画技巧。总之，凡·高笔下的向日葵不仅仅是植物，还是带有原始冲动和热情的生命体。"

向日葵，别名"葵花""太阳花""朝阳花""转日莲"，是向往光明之花，给人带来美好的希望。传说古代有一位农夫的女儿名叫明姑，被后娘百般凌辱虐待。有一次她惹怒了后娘，夜里熟睡时被后娘挖掉了眼睛。明姑破门出逃，不久死去，死后坟上开着一盘鲜丽的黄花，终日面向阳光，它就是向日葵。向日葵表示明姑向往光明、厌恶黑暗之意，这传说激励人们痛恨暴力黑暗、追求光明幸福的生活。

之所以查阅关于向日葵的资料，是因为偶然间看到一篇标题为《文学是精神的向日葵》的书评，书评介绍的是谢有顺《文学的常道》一书。谢有顺的文评风格，正如写该篇书评的作者石峤所言："我始终觉得不是享用一般的批评那种挥洒凌厉、打倒对象的高蹈快感，也不是贪图学问叠加的乐趣，而是感受一种对文学、对人生深刻体察与领悟的态度和卓见。"我也很欣赏石峤的这个关于"向日葵"的说法。文学追求光明，如同我们生命里奔涌不息的血。这是一个严肃而永恒的话题。石峤在这篇书评里谈道："我记得谢有顺说过，在文章的后面，总是站着一个人，这个人，当是有生命、有体温、有血肉、有灵魂的滚烫的活体，而不是徒具思想或者身体的抽象之物。文心即是人心，立言即是立人，能够文章千古的不就是在于它们承载了人心的重量，联络了精神的气脉，书写了一笔一画不易的人吗？这才是为文章者的大境界，也是文学真正的理想。'天地可变，道不变'，沧海桑田，风云代变，不变的是'生命意识、价值精神'，历史如此，文学亦然。在生活纷呈的变数尘埃之中，总有些恒常的价值在闪烁光芒，在匍匐于大地的生命骚动之上，总有些超越的精神在凝思眺望。"

以我浅表的理解，"总有些恒常的价值在闪烁光芒，总有些超越的精神在凝思眺望"一句，正如凡·高画作《向日葵》的一句介绍语——"每一朵向日葵都获得了强烈的生命活力"的精神体现，也是我们在阅读和写作中审视自我的标尺和自觉。

3

人与别的生灵不同之处在于，人类拥有头脑和灵魂。我们在追求物质丰厚的同时并不能感到真正的满足，人类看重精神意义上的快乐，尤其是渴望精神愉悦的人。天生的敏感、天赋的灵感，让他们不由自主地歌唱。他们对于周遭事物、生活状态以及内心孤独的敏感，使得他们喜欢探求一些诗意、一种更高深的思想，以此来寄托内心的美好或者是慌乱。

热爱生活的人，总是具有发现与创造的能力。热爱是前提，没有热爱，一切如死水一潭。我们赋予自然以情感，自然就变得生龙活虎起来。自然的情感，是最为珍贵的东西。

生命如同白驹过隙，迫使许多的人去探求如何在有限的生命里，让生命之花开得更艳、让生命之火燃烧得更旺。如果是这样，即使是一样的生命旅程、一样的生命时限，但是生命之花的艳丽、生命之火的热度，总会比虚耗一生碌碌无为的人，显示出更为五彩斑斓的人生色泽。

梭罗说过："可以肯定，欢乐是生命的状态。"爱默生也赞同地说："生命是一种狂喜。"他感觉到了生命的丰盛和盈余，他说："生命的方式是奇妙的：那就是狂欢。"当我们越走近自然的时候，我们就越靠近自然的隐秘核心。

试问自己，我们能须臾地离开物质所给予的享乐快感吗？可以；我们能须臾地离开自然吗？不可以。

这里所指的"自然"，不仅仅是自然界的外化，也包括拥有一颗自然的心灵。

4

张中行《顺生论》中的《增补》一文和董桥《董桥文录》
中的《补白》一文，有相似的思考意义。

两人的文风不同。张中行先生学识渊博，文化底蕴深厚，
将中华精深的传统哲学思想用浅显的论述加以传承，不失幽
默、睿智和超然。《顺生论》一书需细细琢磨其广博的含义，
然后对生与死、物与欲、齐家治国、修身立德等诸多方面都
会有一番深层的思考。董桥的笔调轻松风趣、不急不缓、娓
娓道来、文风洗练，还带了点辛辣的味道。

《增补》和《补白》，都是讲要求得生的美好。

人，是所谓的"万物之灵"，如果只是为求"生"，就
不必言其他。然而，人终归与一般生物不同，其肉体的活动
能力尤其是精神的活动能力，远远超过一般生物。所以，人
不仅要求"生"，而且要求得生得美好、丰富、更如意。如
何求得生得美好、丰富、更如意，就在于如何"增补"。

"增补"有两个方面的含义，一方面是物质上的，食物
不仅要果腹而且要求其美味，房屋不仅要遮风挡雨而且要求
美观、便利、舒适。另一方面是精神上的，人类创造了许多
的"知"，使人神游于"知"的境界，扩大了人的视野，丰
富了人的生活内容，提升了人的审美情趣和文明素养，获得
了身外之物难以赐予的精神愉悦。

"补白"一般是指在报纸杂志上用一些文字补填空白加以
美化，董桥将此意引申到一个人文明的生活方式和生活态度。

他说："一个人的生活里假如没有补白，这个人一定不是一个快乐的人，人无完人，为了生得美好，每个人都要学习怎么去给自己生命里的空白填补些东西。"

人生而有涯，重视"增补""补白"，不懈努力，以求得生的美好、丰富和如意，是必然的，也是必要的。我以为，"知"的境界有无限大，人尽可神游之享用之。然而，人生而有欲，在现今物欲横流的社会，如何把持自己，不好高骛远，不贪图享受，不偏离人生的轨道，也是时常需要自我警醒的。此时，我想起了康德的一句话："有两种事物，我们越思索就越感到敬畏，那是天上的星空和心中的道德律。"

生命可贵，尊严无价。因为敬畏，不断去"增补""补白"；因为敬畏，从而更去求得生的美好。

5

在南方的秋季，许是读书和写作的良好时期。比如清晨，还没有充沛的阳光探着脑袋的诱惑，也少听见窗外的小鸟在树枝上的啁啾呢喃，偶或绵绵的秋雨发出轻柔的碎响如一曲悠悠的音乐，舒缓而飘渺。此时，秋水明澈，心如静水，远处街面上传来的嘈杂声，也是可以听而不闻的。如果神思进入读书与写作里去，被奇妙的文字所牵引，此时整个身心好像都暂且不属于自己，就连时间也仿佛停滞不前了。

在我们生活的周围，有许多人爱读书，利用每天有限的闲暇时间，捧书阅读，或者沉潜创作。我认为，这是现代人文明、优雅的生活方式，是一种生命存在的良好状态。

读书无止境，写作亦然，就好像在生活中我们在慢慢打磨着什么东西，比如时光、思维、人生。在我们日渐成熟的目光里，读书与写作，除了是一个愉悦的过程，还有在文字背后所潜藏的、我们唯有用心才能感知和领悟到的某种灵动而神秘的存在和光泽。这自然万象释放出的欢乐的生机，即使是在那些一时烦闷或痛苦的心灵里，也总是跳跃着希望的火光。

6

范石湖有一篇诗作题为《自晨至午，起居饮食皆以墙外人物之声为节，戏书四绝》，其中第二首诗，写实也写意："菜市喧时窗透明，饼师叫后药煎成。闲居日出都无事，唯有开门扫地声。"董桥在评点此诗时说："'闲居''无事'，正是科技时代里人人都舍不得荒废的精神生活。"那么，搞文学创作的人，正是在紧张的工作与生活之余，舍不得荒废精神生活。然而，文学创作却与"闲居""无事"不能等同，它是另一种生活方式。一个有文学抱负的人，不仅仅是把写作当作业余爱好，它更是一种理想、一种追求，并且愿意专心致志地投入其中，甘愿去花费时间与精力。

获得诺贝尔文学奖的秘鲁作家略萨，在谈及他的创作时说："小说在时间里进行，而时间是无限的。"把这个意义延伸开来，亦即：我们在阅读和写作的过程中，获得的时间仿佛也是无限的。

7

人的情感是模糊的，有些事情没有办法说得很清楚，正如你为什么会来到这个世上，为什么会遇上这一场雨。模糊感是客观存在的，它不像一条直线那样泾渭分明。模糊感也许是好的，因它是立体的多层面的表现，是丰满的和灵动的，富有生命的活力。它与简单并不矛盾，模糊感之中的简单，是纯净的感受。简单与单调又不同，单调是眼界中唯一的色彩，也许只是灰色的苍白的色彩，毫无丰富可言。

曾读过叶芝讲述的一个关于木头的故事，故事大意是：很久以前，一个小女孩出生在爱尔兰南部的一个村庄里。一个仙女对她的母亲说，这个孩子被选为了昏暝王国王子的新娘，然而，当王子还沉浸在对于爱人最为原始的热情中时，为了使他的妻子永远不会衰老和死去，这个孩子将会被赐予仙人的生命。因此，母亲需要从火里拿出燃烧的木头，再把它埋到花园里，那么只要木头不被使用，她的孩子就会活得跟它的岁月一样长。母亲埋下了木头，然后孩子长大了，成了一个美人，并且嫁给了某天夜晚到来的仙人王子。七百年后，王子死了，另一个王子继承了他的位置，并且又娶了这个美丽的乡下女孩。又过了七百年，这个王子同样也死了，于是另外的王子又取代了这个王子的位置，就这样不断持续着，直到她拥有过七个丈夫。最后，某一天，牧区的神父叫来了她，告诉她说，因为她的七个丈夫以及她悠长的生命，她在整个邻近地区都成了丑闻。她感到非常抱歉，但她说她不该被责备，然后她告诉了牧师关于木头的事。随后，牧师找到了那根木头，然后人们烧毁了它。于是她死了。所有人都很高兴。

"所有人都很高兴"，因为这位美丽的乡下女孩不再是个与他们不一样的人，而她，也一定是高兴的，因为她终于可以像正常人一样活着或者死去。她希望能像王子那样有着生命最为原始的热情，却不希望保持永远的年轻和美貌，因为热情来自对生命的热爱。当一个人对生命麻木得没有知觉的时候，就如同漂浮的空气，自然而然也就失去了热情。仙人对于生命的流逝是没有知觉的，他们没有模糊的概念，他们生活在天国，永不疲倦地快乐舞蹈。而凡人在寻找快乐的同时，却时常感觉到那种与生俱来的出自本能的忧郁，对于生命易逝的忧郁。这种忧郁并不是一件坏事，正因有了这种忧郁，才能发觉生命的可贵。木头故事中的女孩，为什么宁愿死去也不愿意有着悠长的岁月，是因为她渴望体验生命实实在在的快乐和疼痛。

人不知疼痛的时候是可悲的。有了那种与生俱来的出自本能的忧郁，人才会努力地去获取自己认为最好的东西。他们将以巨大的创造潜能唤起生命的激情，孜孜以求，与大地共舞，与星辰同在。

凡人总是对仙人的生活充满了憧憬和幻想，然而，读了叶芝的关于木头的故事，会不会认为仙人生活得单调与乏味？我们都知道，尘世仅仅是脚下的一点小小尘埃，那么在这一点小小尘埃中，如何使有限的生命获得某种精神意义上的永恒，抓住心灵所渴望的东西？

叶芝说："生活的巨大烦恼之一是我们不能拥有任何纯粹的情感。我们的敌人身上总是存在着一些我们喜爱之处，我们的心上人身上也总是存在着一些我们厌恶之处。"人的情感正是模糊于此。然而，正是因为模糊得不能拥有任何纯粹的情感，所以，我们时常会感到心灵的激荡，时常感受到生命的律动，正如自然界的万物一样，永不停止地旋转。

模糊不等同于混乱得没有信念和原则。生活或许总是处于模糊不清的状态，这种模糊往往是可爱的生动的，不能单纯地以是与否、对与错去判断。模糊之中往往闪现的是最为动人的思想和情感。然而，有一点可以肯定的是，只有心的愉悦才是真正的愉悦。有的时候，懂得忧伤，也是一种喜悦。

正如我写的这篇模糊的文章一样，我们总是在模糊中清晰，在清晰中模糊，并且依此顺延下去。

8

人与人的心灵是相通的，虽然每个人的经历、体验、学识、涵养不尽相同，但所思所想总有共通的地方。所以，读书就是与和自己心灵相通的人对话，读书就是让自己的一些模糊的感受渐渐地清晰起来。

丰子恺先生在《读〈缘缘堂随笔〉》这篇文章中，谈到了别人对他写作的评价，一说他"真率""对于万物有丰富的爱"，一说他爱写"没有什么实用的、不深奥的、琐碎的、轻微的事物""非常喜欢孩子的人"。丰子恺先生对于这些评价有一段自白，这段自白就与我时常有的心境很相似，不妨在此摘录下来：

> 我自己明明觉得，我是一个二重人格的人，一方面是一个已近知命之年的、三男四女俱已长大的、虚伪的、冷酷的、实利的老人（我敢说，凡成人，没有一个不虚伪、冷酷、实利）；另一方面又是一个天真的、热情的、好奇的、不通世故的孩子。这两种人格，常常在我心中交战。虽然有时或胜或败，或起或伏，但总归是势均力敌，不相上下，始终在我心中对峙着。为了这两者的侵略与抗战，我精神上受了不少的苦痛。

"文章千古事，得失寸心知"，丰子恺先生说他写文章的时候是盲进的，不期然而然的，只是爱这么写就这么写而已，并不讲什么"得失"。由此，我自然而然联想到我的写作，也多是些随手涂鸦的、没实用的、琐碎的生活感受和自己被某个时刻、某个细节、某个场景所触动而生发的一些心灵感悟。我写的时候并不考虑太多文法之类的东西，只是真实、用心地把一点一滴的感觉寄托于文字，这对于我就是一种莫大的安慰了。

很多人都说，写作是个人的事情，当然写出来发表了就不纯粹是个人的事情了，那些养心的文章自然是好的。一个人的读书量和思维空间总是局限的，每个人的喜好和敏感的角度和程度也是不同的。然而，我倒是觉得我与许多作家的心思是接近的，所以我喜欢读他们的文章，文字干净简洁，平易散淡中透着生活的乐趣和智慧。

已近知命之年的人，往往对一切事物都看得透看得开了，对一些事物的看法也就不用再遮遮掩掩的了。丰子恺先生在这篇《读〈缘缘堂随笔〉》中就直言不讳地说："在中国，我觉得孩子太少了。成年人大都热衷于名利，萦心于社会问题、政治问题、经济问题、实业问题……没有注意身边琐事，细嚼人生滋味的余暇与余力，即没有做孩子的资格。孩子们呢，也大都被竞赛、考试、分数等弄得像机器人一样，失却了孩子原有的真率与童趣。长此以往，中国恐将全是大人而没有孩子了，连婴孩也都是世故深通的老人了！"

看了这段文字，我多少有些高兴，那种时常觉得自己不够深沉和圆通的苦恼也就找到了很好的解释。我或许就是这样，敏感于身边的琐碎，细嚼着人生的滋味，然后让心思从我的手指尖上绵绵不断地涌出来。

9

> 我以为人们在每一时期都可以过有趣而有用的生活。我们应该不虚度一生，应该能够说："我们已经做了我能做的事"。人们只能够要求我们如此，而且只有这样我们才能有一点快乐。
>
> ——居里夫人

居里夫人的这段话，看起来似乎具有革命性，使我想起了保尔·柯察金的那句名言："人最宝贵的是生命。它只给予我们一次。人的一生应当这样度过：当他回首往事时不因虚度年华而悔恨，也不因碌碌无为而羞愧。这样在他临死的时候就能够说：'我已把我整个的生命和全部精力都献给最壮丽的事业——为人类的解放而斗争。'"

然而，我认为，居里夫人在说这段话的时候，是对她自己一生总结之后而发出的肺腑之言。读她的评传，她不仅仅是一位忘我工作、为人类做出卓越贡献的伟大科学家，也是一位被丈夫热爱的妻子和被两个孩子热爱的母亲。伟大的科学家并非不食人间烟火，同样需要享受日常生活的快乐。在此，居里夫人是幸福的，她拥有了甜蜜的爱情，并有一个幸福的家庭。但是，美好故事的结局好像总是有些不尽如人意，她心爱的丈夫——科学家彼艾尔·居里不幸遇难，三十九岁的居里夫人从此失去了在生活中相濡以沫、在事业上相互辅助的人。读到此不禁唏嘘。

居里夫人说的"我们才能有一点快乐"一句，我读出了她无奈和忧郁的情愫。

我想，自从她失去了心爱的人，她生活中的快乐，也许就跟着一起去了吧。但也正因为这份爱所带来的疼痛，使她更加执着和坚强。

一九三五年十一月二十三日，在纽约市罗里奇博物馆举行的居里夫人的悼念会上，爱因斯坦激动而又满怀尊敬地说：

　　在像居里夫人这样一位崇高人物结束她的一生的时候，我们不要仅仅满足于回忆她的工作成果对人类已经做出的贡献。第一流人物对于时代和历史进程的意义，在其道德品质方面，也许比单纯的才智成就方面还要大，即使是后者，它们取决于品格的程度，也许超过通常所认为的那样。

　　我幸运地同居里夫人有二十年崇高而真挚的友谊。我对她的人格的伟大愈来愈感到钦佩。她的坚强，她的意志的纯洁，她的律己之严，她的客观，她的公正不阿的判断——所有这一切都难得地集中在一个人身上。她在任何时候都意识到自己是社会的公仆，她极端谦虚，永远不给自满留下任何余地。由于社会的严酷和不公平，她的心情总是抑郁的。这就使得她具有严肃的外貌，很容易使那些不接近她的人发生误解——这是一种无法用任何艺术气质解脱的少见的严肃性。一旦她认识到某一条道路是正确的，她就毫不妥协地并且极端顽强地坚持走下去。

　　居里夫人的品德力量和热忱，哪怕只有一小部分存在于欧洲的知识分子中间，欧洲就会面临一个比较光明的未来。

10

　　沈从文在《谈创作》中说，他是"若干作者中之一人，还应当去学，还应当学许多。不希望自己比谁聪明，只希望自己比别人勤快一点，耐烦一点"。

看到这"耐烦"二字，我不禁想起汪曾祺在纪念沈从文的散文《星斗其文，赤子其人》中也提到："沈先生很爱用一个别人不常用的词：'耐烦'。他说自己不是天才（他应当算是个天才），只是耐烦。他对别人的称赞，也常说'要算耐烦'。"

读过沈从文的散文《绿》，就能体会他的"耐烦"精神。文章写得很细致，从几处植物呈现的不同形态，描写到阳光、白云、小溪、小甲虫，最后落笔到一只细腰大头的黑蚂蚁，然后，用了近三分之一的篇幅，描写这只黑蚂蚁的生态特征，夹叙夹议，从中穿插自己对于人生的思考。

这篇《绿》，体现出了沈从文对于景物的形体、颜色、声音乃至气味的敏感。沈从文自己也说："我的心总得为一种新鲜声音、新鲜颜色、新鲜气味而跳。"而沈从文在这篇散文中，从对"绿"的描写最后升华至人生的主题，颇耐人寻味："让固执的爱与热烈的恨，抽象或具体的交替来折磨我这颗心，于是我会从这个绿色次第与变化中，发现象征生命所表现的种种意志。""……一切生命无不出自绿色，无不取于绿色，最终亦无不被绿色所困惑。头上一片光明的蔚蓝，若无助于解脱时，试从黑处去搜寻，或者还会有些不同的景象。一点淡绿色的磷光，照及范围极小的区域，一点单纯的人性，在得失哀乐间形成奇异的式样。由于它的复杂与单纯，将证明生命于绿色以外，依然能存在，能发展。"这篇文章应该有一定的写作背景，文中似也有暗喻，表达出沈从文当年对于生命、对于人生的深刻思考，在当下读此文也是有现实意义的。绿色不是单一的，也不会一成不变，它随着季节和环境的变化而变化，因此要"从这个绿色次第与变化中，发现象征生命所表现的种种意志""试从黑处去搜寻，或者还会有些不同的景象"，生命也不只是单纯的绿色，也有种种的变化，有各种不同的演绎，这好比生命中不同的年龄阶段，好比人生中所处的不同的生存状态以及境遇。

而我在读这篇《绿》时，联想到沈从文的"耐烦"二字。我认为，我在读书与写作时，常存在着急躁的情绪，看似勤快，实则懒散，浅尝辄止，轻描淡写，最缺少的就是这"耐烦"的精神。

11

一直喜欢兰花，喜欢那浅浅淡淡的幽香，所以自取笔名为"兰浅"。今又巧读到林语堂《谈花和养花》一文，文中有关于兰花的文字，读时仿佛又闻到了兰花的清香。

尤喜兰花所象征的性情与品质。

林语堂在文中提到："兰花，象征着隐僻的美。因为它常常在人迹罕至的幽谷里被发现。据说它具有'幽芳自赏'的美德，不管他人看它与否，并且极不愿给人移植到城市里。如果它答应给人移动，必须依照它自己的条件而栽种，否则便会凋谢了。所以，我谈及一位隐居僻处的美女，或一位轻视名利遁迹深山的伟大学者，总要称其为'空谷幽兰'。它的香气是那么轻逸，似乎并不要取悦任何人，可是当人们会欣赏它时，它的香气是多么美妙啊！因此它象征一个不愿与世俗投合的君子，同时，又象征真正的友谊，因为有一部古书上说过，'入芝兰之室，久不复闻其香'，那时他与香气俱化了。"

林语堂把兰花的性情写得入木三分，也写了一如兰花般品格高尚的人。

深有惺惺相惜之感。

不过，兰花极度柔弱，最为难养，"在各花中兰花是处理不慎最容易凋谢的一种。所以，一个爱兰花的人常常亲自照料，不愿假手佣仆"。兰花的这种不适应性，在当下是否显得笨拙呢？一个人的性情，有与生俱来的，有后来修养而成的。倘若笨拙而真、而香，是清新可爱的。兰花之所以能孤芳自赏，必是深知自己内在的幽香韵致。

愿我如兰。兰花与我，神交已久。

12

《她那么看过我》是老舍的一篇散文。这个题目很耐人寻味。读之前，我想，散文的内容一定与爱情有关。也许是老舍的初恋？读完这篇散文，深感文笔优美、诗心盎然。

不知老舍写作此文时正处于他人生中的哪个阶段，也许他已步入中年，历经沧桑？我更喜欢这样来理解他：在他倍感孤寂与迷茫的时候，他回忆起了那曾经深情的眼神，是邂逅的一次清浅的微笑，抑或是一次不经意间的顾盼回眸，或者是隐藏在心底里的那令人心跳的爱情。即使是瞬间的爱的感觉，这些都无关紧要了，紧要的是他在这样一种深情款款的眼神中，得到了振奋与鼓舞、自信与喜悦，体会到了最纯美、最甜蜜的爱的朦胧的滋味。这让他觉得，原来自己是那样的年轻、英俊、美好和富有朝气过："春在燕的翅上，把春光飘得更明了一些。同样，我的青春在她的眼里，永远使我的血温暖，像土中的一颗籽粒，永远想发出一个小小的绿芽。一粒小豆那么小的一点爱情，眼珠一移，嘴唇一动，日月都没有了光辉，到无论什么时候，我们总是一对刚开的春花。不要再说什么，不要再说什么！我的烦恼也是香甜的呀，因为她那么看过我。"

美得心都醉了！只觉得有一汪柔波在心里荡漾着。

岁月更迭，往事留下了诸多惆怅，却也留下了多少美好的情怀啊！我不禁想起了他、他们、她和她们，在我的生命中，这些人也是这般用爱的温暖的眼神，那么看过我呢！

真的不要再说什么，因为，我的烦恼也是香甜的呀！

13

偶然在网上看到陶冷月先生的《梅林夜琴图》，画作表达出空灵、冷逸、宁静之美。甚是喜爱。

据资料介绍，陶冷月 (1895—1985)，原名善镛，字咏韶，号镛、宏斋、五柳后人、柯梦道人，江苏苏州人。他是 20 世纪较早走中西融合道路的探索者之一，他的作品以"新中国画"享誉画坛。其绘画的特点是：在承传中国传统文人笔墨的基础上，又融入西画的明暗和透视技巧，善用中西合璧的技法表现山水月夜景色，创新出熔中西画法于一炉的"冷月山水"。正如蔡元培所著的《陶氏书画润格》中概括的"结构神韵，悉守国粹；传光透视，特采欧风"。

中国艺术挚爱荒寒的冷世界。在欣赏《梅林夜琴图》时，感觉虽是清冷的，但冰凝梅香，有清越之音袅袅，兼有绿意盈盈，空灵中冷香逸韵，看似宁静，实是一个温热的生命天地。我想，即使是外行人观此画，也会不由得被其艺术魅力所感染，使你融入美妙绝伦的意境中，无边遐想。

一轮冷月，山水静寂，暗香如沸，心中无尘。我也无意参禅，但在欣赏中却感觉有参禅的况味。禅宗认为，人性本明，然而业障攀缘，顿生妄念，使人染污重重，失却本真。要去除染污，必归心悟。朱良志在阐释中国艺术中的荒寒冷寂趣味时说："禅中人真可谓个个是谛听大自然秘密的诗人，个个是挥扬山光水色的画手。他们在妙悟中，一声惊悸，归入了空虚寂寥的禅境，而漫长的体悟过程，又往往是与美同行的。"

生命乃艺术。无论是空山冷月，还是平远和风，聆听自然妙趣，忘却尘世烦扰，时时心悟，归于本真，你自会发觉生命中的秘密，诗意之美处处在。

读两篇散文

（一）《书》

伊万·布宁（1870—1953）是俄罗斯作家、诗人。1933年因为"以严谨的艺术才能使俄罗斯古典传统在散文中得到继承"而获得当年诺贝尔文学奖。

布宁的一篇散文《书》，读来感觉很有新意。看这题目，还以为是布宁会大谈特谈读书的好处、读书的乐趣，然而不是。一开始，布宁就说："我躺在打谷场上的麦秸垛里看书，看了许久，忽然产生一种愤懑情绪。我又是一大早捧起一本书看！天天如此，从小如此！"

布宁在这篇散文里，用"愤懑"的笔调，诉说自己是活在一个非现实的世界里，生活在别人的虚构当中，把书中描述的快乐和悲哀的遭遇，都当成自己经历的一样为之激动。
"可是田野、庄园、村子、农民、马匹、苍蝇、蜜蜂、小鸟、浮云都过着自己的真实的生活"，于是，他"觉悟到书的迷惑性"，"便把书扔在麦秸上，用一种新的眼光惊奇而又快乐地环顾四周"，如此一来，他发现了"一种为生活和我本身所具有，可又是书本里从来写得不是那么回事的深刻的，美妙的，无法形容的东西"。

读到此，不由得联想到我自己。我也是爱看书的，家里的书不能说是汗牛充栋，但也算是可以的了，书柜里、桌子上甚至床上，满是书。我又有一个跳读的习惯，很少专心在一段时间内把一本书看完，总是这本书翻一翻那本书看一看，消磨一些时光。清晨起来，也如布宁一样，第一件事就是捧着一本书看。我想，这完全是受了传统的老夫子们的影响，"三日不读书，便觉面目可憎"。然而，我近来也开始有点"恼"书了，房间里堆得像小山一样的书，给了我压力，哪有那么多时间和精力去读它们！而且，我也深深地感到，一味地钻进书本里，大脑就无法生发思想。看书，当然是好事，但重要的是从书中获得自己需要的东西。

布宁写道："我看书的时候，大自然中正悄悄地发生着种种变化。刚才还阳光明媚，喜气洋洋；此刻却阴晦了，沉寂了。天上的白云和黑云一点点地聚集拢来，有的地方，尤其是南边，还很明亮美丽，然而西边，在村子以外，它的柳丛后面，却有了雨云，颜色发青，令人不快。可以闻到从远处飘来的原野上的雨的温暖柔和气息，园子里只有一只黄鹂在鸣唱。"

记得那天清晨，我看到了天空中出现了一个奇妙的现象。我仿佛与布宁做着同样的事情，扔下书，揉揉惺忪的眼睛，往窗外的天空望去。我看见远处泛着红霞的连绵的山脉，恍若天上人间，更奇的是，两朵红云飘浮在渐渐苏醒的晨曦的天空中，那种红比大红要淡得多，比粉红要艳得多，我不太喜欢这种红的感觉。过了约半个时辰，当我重新抬头望着天空的时候，那两朵红云已经不见了，取而代之的是灰茫的白云一片。那天的清晨是个阴天，到了正午时分，太阳高挂，天空开始蓝起来，白云如絮，让人神清气爽。多么奇妙的大自然！

一个农民兴致勃勃地对布宁说："我在我小女儿的坟上种了一棵山梅花！"这位农民有着多么朴实的快乐！他想，如果种上了一棵山梅花，他会快乐，他小女儿一定也会是快乐的。他才不管这花什么时候开，反正总是会开的，他也不管种了这棵山梅花，体现了多么伟大的父爱，一切都显得自自然然。农民又对布宁说："您好哇，总瞧书，总编书？"而布宁的"总瞧书，总编书"却正是布宁愤懑和苦恼的缘由："为什么要编——虚构呢？……还永远害怕自己显得不够书卷气，不够像那些出了名的人！不过永远沉默——不想真正是你的，而且是唯一实在的东西，最理当要求表达，要求哪怕是在文字中留下痕迹、留下形象、保存下去的东西——也使人永远痛苦！"

布宁假借对书的描述，表达了要重视真实存在的意愿。

抛开虚假，还生活的本来面目。亲身的体验才能带来发自内心的感动和快乐，真实的文字才是可以保存下来的好东西。

过自己真实的生活，对于每个人来说，都是弥足珍贵的。

（二）《通夜霞光》

布宁的散文，在我读来，像读短小说。正如该书的前言所说："俄罗斯的百科字典把非诗歌的文学作品统统归入散文类，然后给小说（无论长短）、小品、随笔、报告文学等冠以'艺术散文'的称谓，不再把小说和散文分成两类。"

而翻开我国的《辞海》，在"散文"条目下说："……现代散文是指与诗歌、小说、戏剧并称的一种文学体裁，其特点是：通过对某些片断的生活事件的描述，表达作者的思想感情，并揭示其社会意义；篇幅一般不长，形式自由，不一定具有完整的故事，语言不受韵律的拘束，可以抒情，可以叙事，也可以发表议论，甚或三者兼有。散文本身按其内容和形式的不同，又可分为杂文、小品、随笔、报告文学等。"

近两天又读了他的一篇散文《通夜霞光》，作者对人物心理的刻画与诗意的语言令人叹服。这是作者1902年所写的作品，该篇散文用朴素而诗意的语言描写了一个在单纯的生活环境里长大、如今即将出嫁的姑娘的心理活动。通篇就围绕这一情节来写，把这位姑娘的心理写活了，且对景物的描写都是为了衬托这一心理，只觉得美、纯、可爱。

比如这两段：

> 我穿上鞋，披上大围巾，小心翼翼地走进小客厅，怀着一颗怦怦直跳的心在阳台门边站住。后来我确信大宅里什么声音也没有，只有钟摆均匀的滴答和夜莺啼啭的余音，就不声不响地用钥匙开了锁。传遍整个园子的夜莺的啼啭立刻清晰多了，紧张的寂静消失，我的胸膛自由地呼吸着夜的芬芳的潮气。
>
> 北边天上的乌云荫蔽了霞光，微明中我在两旁长着新生白桦的长长的林荫道上踏着潮湿的沙子走向园子尽头那个为白杨和山杨环抱的丁香色凉亭。静极了，连偶尔从低垂的树枝上掉下雨滴的声音都听得见。一切都在昏睡，并且享受着自己的昏睡，只有一只夜莺不胜辛苦地唱着它的甜蜜的歌。每一处阴影都使我产生错觉，似乎看到一个人影，心脏就不时地停止跳动。等到我最后走进凉亭的黑暗中，感觉到凉亭的温暖气息，我几乎相信马上会有人过来悄无声息地，紧紧地抱住我。

通篇都以这样舒缓而抒情的文字贯穿，姑娘在整个夜晚都想象和憧憬着纯美的婚姻恋情，这样的情愫，竟使姑娘彻夜难眠。她一个人偷偷走到自家的园子里，随着寂静的夜，随着心里的渴望和想象，感觉到整个夜晚布满了美丽的霞光。一直到早晨，她才悄悄地回到卧室，"踮起脚尖跑进我的卧室的温暖的黑暗之中……"

读之前看这篇散文的题目时，我以为是写寻找光明之类的主题。读完之后，别开生面的写法令我印象很深，而且喜欢作者富于诗意的描写，只是截取夜晚这一片段，就把一位姑娘纯朴的心描绘得淋漓尽致。

《布宁散文》前言部分的作者陈馥写道："民族的才是世界的。经济可以全球化，文化则不能全球化。民族传统、民族特色靠文化传承，其魅力不是国际化能够抹杀和替代的。"

开卷有益

——读《我不是来演讲的》

（一）开卷有益

最近读了《百年孤独》的作者加西亚·马尔克斯所写的《我不是来演讲的》一书，用"开卷有益"这个词表达我心中所感很贴切。这本书是马尔克斯在二〇一〇年出版的最新作品，收录了马尔克斯在一九四四年间公开演讲的名篇，时间跨度涵盖他整个的文学生涯。除了对文学的眷恋与痴迷，讲稿中还充分体现出他对社会弊端、文化发展、核危机等问题的关注，以及与科塔萨尔、穆蒂斯等人的动人友情。通过这些讲稿，可以倾听马尔克斯的心声，听他谈自己、谈《百年孤独》、谈我们生活的这个世界。

十七岁的马尔克斯首次登台演讲时就说："我不是来演讲的。"到一九七〇年《百年孤独》大获成功，他从最开始对演讲有抵触情绪到演讲成为他作家生涯的重要组成部分。也许正如他自己所说："对我而言，文学创作和登台演讲一样，都是被逼的。"

他的演讲稿大多是三五千字的短篇，用语诙谐幽默机智，关注的问题也宽泛。从内容来看，谈文学的篇幅较少，大多是谈社会、谈文化。比如《百年孤独》的获奖演讲稿《拉丁美洲的孤独》，谈的不是怎样创作，而是谈其创作的大背景，从中可窥探马尔克斯创作《百年孤独》的灵感起源以及对于题材的构思选取等。

在谈其文学创作时，有趣的是《我是如何走上创作道路的》这篇演讲稿。题目很平庸，但内容却有趣。比如他在演讲中讲了一个"在脑子里想了好几年"的故事，通过这个故事告诉读者，小说是怎样写出来的，这个故事后来成为《预感》的电影剧本。包括马尔克斯创作的《百年孤独》，马尔克斯足足想了十九年。他开诚布公地谈到他的创作体会："出了五本书后，我明白了一个道理，坦白说，写作恐怕是这世上唯一越做越难做的行当。当年那个短篇，我坐一下午，轻轻巧巧就写完了；可如今，写一页纸都要费我老大的劲。我写作的方法便如刚才所说：'事先根本不知道要写什么、写多少。'得先想故事，有好故事，脑子里多过几遍，等它慢慢成形。想好了，再坐下来写，接下来就是最麻烦、最无趣的阶段了。想故事最有趣，要怎么把故事编圆，一遍遍想，一遍遍琢磨。那么多遍想下来，真要动笔，反而没劲了，至少我觉得没劲。"

（二）预感

马尔克斯在《我是如何走上创作道路的》中讲了个故事。他说："我来讲一个在脑子里想了好几年、编得很圆的故事。现在讲了，等哪天写出来，你们会发现它已经变得面目全非，正好也可以观察其中的演变。"以下是他讲的故事：

从前，有个很小的村子，村里住着个老太太。老太太有两个孩子，儿子十七，女儿还不到十四。一天，老太太一脸愁容地端来早饭，孩子们见了，问她怎么了，她说："我也不知道，一早起来，总觉得村里会有大难。"

孩子们笑她，说老太太就这样，净瞎想。儿子去打台球，碰到一个双着（台球术语，指主球在一次击球期间与两个目标球接触），位置极好，绝对一击就中。对手说："我赌一个比索，你中不了。"大家都笑了，这儿子也笑了，可一杆打出去，还真的没中，就输了一个比索。对手问他："怎么回事？这么容易都击不中？"儿子说："是容易。可我妈一早说村里会有大难，我心慌。"大家都笑他。赢钱的人回到家，妈妈和一个表妹或孙女什么的女亲戚在家。他赢了钱，很高兴，说："达马索真笨，让我轻轻巧巧赢了个比索。""他怎么笨了？""笨蛋都能打中的双着他打不中。说是他妈一早起来说村里会有大难，他心慌。"

妈妈说："老人家的预感可笑不得，有时候真灵。"那女亲戚听了，出门买肉，对卖肉的人说："称一磅肉。"卖肉的正在切，她又说："称两磅吧！都说会有大难，多备点好。"卖肉的把肉给了她。又来了位太太，也说要称一磅，卖肉的说："称两磅吧！都说会有大难，得备点吃的，都在买。"

于是，那老妇人说："我孩子多，称四磅吧！"就这样称走了四磅肉。之后不再赘述。卖肉的半小时就卖光了肉，然后宰了头牛，又卖光了。谣言越传越广，后来，村里人什么都不干了，就等着出事。下午两点，天一如既往的热。突然有人说："瞧，天真热！""村里一直这么热！"这里的乐器都用沥青修补，因为天热，乐师们总在阴凉的地方弹奏，要是在太阳底下，乐器非晒散架不可。有人说："这个点儿，没这么热过！""就是，没这么热。"街上没人，广场上也没人。突然飞来一只小鸟，顿时一传十，十传百："广场上飞来一只小鸟。"大家惊慌失措地跑去看小鸟。

"诸位，小鸟飞来是常事！""没错，可不是在这个点儿。"人们越来越紧张，万念俱灰，想走又不敢走。有人说:"我是大老爷们,有什么好怕的,我走!"说着,就把家具、孩子、牲口通通装上了车。大家眼睁睁地看着他走过中央大道,都说:"他敢走,我们也走。"于是全村都开始收拾,物品、牲口通通带走。就剩最后一拨人了,有人说:"还有房子呢!可别留在这儿遭难。"就一把火把房子给烧了,其他人也跟着烧。好比在经历一场战乱,个个抱头鼠窜。人群中,就见那有预感的老太太说:"我就说会有大难,还说我疯了!"

(三) 嘲讽会议、颂扬文化创造力

马尔克斯曾在一次知识分子大会的开幕式上讲话,开头先对"会议"进行了嘲讽,读来感同身受。马尔克斯在《致新千禧年》这篇演讲稿中说道:

我常问自己,我们为何要召开知识分子大会?除了极个别的会议在我们的时代确有其历史意义,如一九三七年在西班牙巴伦西亚召开的那次,其余大部分都只是聚众消遣,华而不实。然而,奇怪的是,世界危机越严重,会议就越多,规模就越大,成本也越高。一个诺贝尔文学奖得主一年便能招来近两千封邀请函,邀他出席各种形式的作家大会、艺术节、座谈会、讲习班,地点遍布全球,每天至少三场。有个机构，会议频仍，费用全包，一年之内就换了三十一个地点轮流召开，有罗马、阿德莱德这样令人垂涎的城市，有斯塔万格、伊韦尔东这样令人惊讶的城市，还有些城市的名字——波利法尼克斯、科诺克，简直能做填字游戏。会议多如牛毛，议题也多如牛毛，以致去年，在阿姆斯特丹的莫伊登城堡召开了世界诗歌大会组织者会议。知识分子只要愿意，可以在会议上出生，在会议上成长、成熟——除了赶场之外，绝无中断——直至在此生的最后一场会议上死亡。这不是危言耸听，绝对可行。

......

至于文化聚会，早在中世纪就已出现。辩论赛、诵诗会、赛诗会，后来是诵赛诗会，开创了至今仍令人深受其害的传统：以比赛开场，以吵架结束。这些聚会曾盛极一时，路易十四在位期间，开幕式上的宴会气派非凡；十九头牛、三千块蛋糕、两百多桶葡萄酒。我发誓，今日重提此事绝非鼓励效仿。

最著名的诵赛诗会是图卢兹诗会，始于六百六十年前，经世不辍，是迄今开设最早、历时最久的诗会。创始人克莱门西亚·伊绍拉美丽动人，聪慧进取。唯一的问题是似乎并没有这个人，她只是创立比赛的七位行吟诗人为防普罗旺斯诗歌湮灭无闻的凭空杜撰。克莱门西亚·伊绍拉的不存在更加印证了诗歌的创造力，图卢兹有安葬她的金色教堂、以她名字命名的街道和专门缅怀她的纪念碑。

说了这么多，我们也该问问自己，来这里干什么？尤其是我，一个一向视演讲为畏途的人，高坐在这讲台上干什么？回答不敢。但可以向大家提个倡议：我们要为绝大多数知识分子大会所不为——求务实、求延续。

……

欣赏此篇。直言不讳，一针见血。

阅读小札

1

有一种感觉叫苍凉，这是我读完吴念真的《这些人，那些事》的总体感觉。人的一生，在时光慢慢流逝中，苍凉、无奈之感或许日益深沉。固然，也有幸福与喜悦，但，要不短暂，要不滋味越来越淡。有时读着心疼，连所写的小幸福和小快乐，也让人读后有些许惆怅。有的不忍卒读，有的让人含泪，有的似乎美好，而在露出浅浅笑意的同时，仍有苍凉之味。作者把他遇到的人和事写出来，看似平静的叙述，却笔力老到，仿佛写尽了诸多世相，就像一个个电影画面，再现平凡人的平凡事。其实，书中所述不过是悲欢离合、生老病死、命运遭际，看似平常的书写却有着时代的烙印、对故乡的眷恋以及人们为了生存而付出的种种努力等深刻主题，从中能悟出许多道理来。这本书不是那种拿到手就放不下、非得一下子读完的书，有时候，我甚至觉得这本书平淡得很，没有多少吸引人之处。但不得不承认，当读完第一节"心底最挂念的人"的几篇文章之后，我就已被感动得唏嘘不已。有些章节写得很有小清新之感，使得这本书不会过于沉重，带来了许多暖色。

作者在序言里说朋友们劝他把故事写下来，因"当你有一天什么都不记得的时候，至少还有人会帮你记得这些人、那些事"。

于是，作者写出来了，读者读到了，并真的帮作者记得了一些人和一些事。

苍凉是真实的，一些小幸福小快乐也是真实的。这也许就是真实的人生。

2

《苹果籽的味道》是德国女作家卡塔琳娜·哈格纳的处女作，小说通过青年女性伊丽斯在老宅苹果树下的童年回忆，讲述一个家庭的三代女性关于爱、死亡与遗忘的故事，描述二战后德国人民的心路历程。小说以苹果籽的味道为核心意象，运用隐喻的方式，以散文语言呈现战争对德国普通民众的影响。

或者说，这样的故事构思是读者比较熟悉的写法。以三代人的经历为线索来展开一个特定时代背景下的生活。所以，这本小说在故事结构上没有什么特别之处：动荡的年代，战争的阴影，左右并影响着普通人的生活和心灵，有些记忆可能要经历好几代人才可能慢慢被遗忘。小说的耐读之处在于文雅的语言和优美的画面，读的时候，虽然可以将它随手拿起随手放下，但无疑不读完是不会甘心的。整本书叙述自然、舒缓贴切，一个个画面铺展与切换得错落有致。小说后来的结局还算完美，伊丽斯拥有着这座让她度过朦胧、温馨、苦涩童年的老宅，而苹果树、苹果的甘甜以及苹果籽的苦涩，将会伴随她的一生。

3

一个孩子从学会说话起，只会说一句："爸爸，我们去哪儿？"这样的情况，做父亲的怎能不痛彻心扉？不论父亲如何耐心地回答这个问题，然而，得到的回应仍是："爸爸，我们去哪儿？"几十年过去了，孩子慢慢长大，越来越生活在自己封闭的世界里，然而，他也许仍在心中不断地问：去哪儿？生于这个世界，我们该去哪儿呢？

当读完法国作家让·路易·傅尼叶写的小书《爸爸，我们去哪儿》，不禁唏嘘、感慨。书中讲述的是作家真实经历的故事——他的两个残障孩子的成长历程以及他作为一个父亲悲伤的心路历程。他深深自责并向两个孩子致歉，说正是因为他，才让两个孩子痛苦地在世上走了一遭。

　　这位历经苦痛与心酸的父亲一直避讳对外界谈他的家事。在七十岁的时候，他写下这本小书。作家叶兆言为这本书写了序。叶兆言写道："三言两语，说不出感动的原因。为了阳光一般的父爱，为了不离不弃，为了面对困境激发出的勇气，书中太多情节，让人动容，让人莞尔。更重要的是，它以非常健康的气息，通过全新视角，让正在日趋麻木的我们，重新审视世俗生活。"

4

　　买了三本董桥的书：《青玉案》《从前》《记得》。去年读了他的《今朝风日好》，对他清淡、雅致的文字很是喜欢，印象颇深。新出的这一套书，看来也是同类风格，一样的清雅、平和，书中内容大多是谈他的收藏与故友，他所列的书籍，我大多没读过。我总是乱七八糟地读书，不像董桥，似乎总知道自己要读哪些书。

　　我喜欢这样散淡的文字，清醒、自持又不乏乐趣。他自称他属于"小情趣"文风，这种情怀，多少与我有些类似。大的东西写不了，写的只是些"小情趣"，却可爱，不陈腐。

　　读一本好书，当然欢喜。我想，董桥在寻书、读书、藏书的过程中，常觉得欢喜。

　　犹如岁月，在点点滴滴中，不浮夸，不张狂，如一泉清澈的溪流在山间缓缓流淌，一身清芬，尽显淡然与平和。

　　每个人都要找到适合自己的文字和叙述方式，像董桥，一读，便知是他的，而非别人的。

5

　　读完法国女作家妙莉叶·芭贝里的小说《刺猬的优雅》，便掩上书，为小说的结局遗憾。书中讲述米歇尔太太正准备迎接一个新的生活，即将开始一个脱离十五年寡居生活、可能会产生爱情的新的人生，却在一个清晨，为救一个流浪汉而横遭车祸，终离开了这让她一直感到孤独寂寥的人世间。我在想，作者为何在结局中表露真相——这位在现实中、在世人眼中看来身份低微的门房，其实却是满腹学识、拥有高雅情趣和高贵灵魂、深藏不露的米歇尔太太。难道说，她最后与一个富有、有着深厚文艺修养的人认识，视如知己，度过了几个愉悦的星期，还可能在今后"做自己所愿的任何事"，却还是逃脱不掉阶级的枷锁，因此便不等世俗的眼光，不等那些所谓的上层人物怎样看待、议论这件事，便在这纯净、不受丝毫干扰、不被常规观念玷污的情况下，结束了生命，留下了一个永恒的东西，永恒得让人觉得，在这时期发生的事是那么美，如阳光，如夏雨，温暖而又情意绵绵。

　　小说中的米歇尔太太，是一个外表冷漠、内心火热的人物。用她自己的话来说："在名字、地位和外表上我是个穷人，但是要论聪明才智的话，我是一个百战不败的女神。"用帕洛玛的话说："从外表看，她满身都是刺，是真正意义上的坚不可摧的堡垒。""从内在看，她也是不折不扣地有着和刺猬一样的细腻。""喜欢封闭自己在无人之境，却有着非凡的优雅。"她心地善良、爱憎分明。她与达官贵人格格不入，却对曼努埃拉亲密友善，对帕洛玛殷勤客气，将新房客小津视为知己，最后为救一个流浪汉而惨遇车祸。

作者是一位哲学教授，因此我想，这本小说最大的特点，即是对人生、对艺术的哲学思考。小说通过两个主要人物——门房米歇尔太太、十二岁少女帕洛克来铺陈叙述，向我们展开了一个又一个琐碎的场景、人物深刻的思想、作者对人生的审视、对艺术的追寻、对世间永恒美的存在所做的思考以及孜孜以求的创作态度。这都让人读起来产生愉快感觉，使我们置身其中，或许能找到些许自己的影子，同时思考着，自己的人生又是怎样的呢？是一天天地混过去，还是内心有种信念，并依着这种信念，感觉到活着是有意义的呢？

有时，我们避免谈论"意义"这个词，然而，这不等于不需要去思考这个词真正的含义。我们不是总在激情饱满地驾着风帆、迎接清晨的太阳从而开始新的一天，而是总在重复着昨天、前天甚至更久以前。

小记三段随感

（一）那么，还是喝一杯茶吧

在"哀叹蒙古人暴动"一段中，有一段文字是写米歇尔太太对于茶道的认识：

那么，还是喝一杯茶吧。

正如冈仓天心（日本近代著名的思想家、美术家与批评家）在《茶之书》一书中提到的，他哀叹十三世纪蒙古人的暴动，不是因为暴动带来了死亡和痛苦，而是因为暴动摧毁了宋朝文化中最珍贵的成果——茶艺。我知道茶不是低等饮品。当它被变成一种仪式时，构建出能够以小见大才能的心灵，美在哪里？是在大事物之中，如同其他事物一样，终究都会消失殆尽？还是在小事物之中，无心索取，却懂得将瞬间变成永恒？

茶道，相同的动作和相同的品尝能够清晰明确地重复，达到简单、真实而又讲究的感觉，适合任何人，以很少的消费，就能变成有品位的贵族，因为茶是有钱人的饮品，同时也是穷人的饮品，故而茶道的特殊优点就在于，在荒诞的人生之路上为我们打开一道宁静而和谐的窗口。是的，万物皆空，迷失的灵魂为美而泣，人间琐事包围着我们，那么，还是品味茶之清香吧。四处一片寂静，听到外面飕飕的风声，看到微微作响、随风飘扬的秋叶，在温馨的阳光下安然熟睡的猫儿。呡茶一口，光阴便会升华。

米歇尔太太把她的兴趣喜好、思想学识都隐藏起来，隐藏在她工作的一幢高级公寓的门房里。为什么要隐藏呢？因为在等级观念鲜明的阶级社会，在有钱人的观念中，一个门房应该具有门房的形象，比如迟钝、懒散甚至愚蠢，既然没钱就是个穷人，也就没什么社会地位。那些有钱人、有地位的人都可以不把她放在眼里，甚至一起在这幢公寓里住了二十年的人都没叫过她的名字。与她常常聊天、喝茶的是一个女佣，仿佛她们在一起才适合应有的身份。而如果那些所谓有钱有地位的人知道她饱览群书、有着浪漫情怀与深刻思想，一定会惊讶无比。也许，正是从这个特定的人物身上，作者似乎在反讽一些什么东西，比如阶层、地位、虚伪的文明、人性的冷漠等。

那么喝一杯茶吧，品茶时，无心索取，却懂得将瞬间变成永恒。有谁不在内心里渴望永恒呢？虽然世上没有永恒的东西，但永恒或许就存在于瞬间，存在于品茶时那超凡脱俗的感觉中，它让人安静、淡定，犹如拥抱茶之清香。

（二）人生如幻梦

"人生如幻梦"这一段是米歇尔太太的内心独语，意思无非是面对虚幻的人生，活着的时候追求许多，到头来全是一场空。米歇尔太太也做了反省，觉得自己也逃脱不掉虚荣的对权力的幻想，尽管她只是个穷门房。因自卑，她把自己隐藏起来。所幸，她没有因此而悲观下去，没有被乱七八糟的念头所左右。她觉得她的乐趣在于"让悲哀的人生舞台镌刻上艺术及伟大作品的斑斑印记""远离属于统治阶级所特有的钩心斗角和唇枪舌剑的习俗"。处在米歇尔太太的地位，一方面她自身的修养使得她摒弃对权力的追求，另一方面又在自我安慰，因为毕竟她对权力或者说对得到社会的认可，内心是渴望的。

作者通过对米歇尔太太这个社会底层人物的冷眼观察，以内心独白的写作手法，折射出当时的社会状态，反映出她亦即作者自身对人生的思索。

现实中，或许也有米歇尔太太这样的人，大隐于世，做自己的精神贵族，自得其乐。

（三）永恒

米歇尔太太是个有生活情调的人。她喜欢读书，哲学、经济、文学等类别的书她都爱，凡是她感兴趣的书她都读。她自称是个自学者，尤其是文学类的书，是她的最爱。她还喜欢看电影，在工作忙完之后，就躲在房间里，一边喝茶，一边静静地欣赏电影。这一段"永恒"，是讲她迷上了一个叫小津安二郎的电影作品，结尾写有对于中西文化的点滴思考。她觉得简洁的画面甚至片断的画面，没有任何解释，情节上也没任何明确的动机，有时却能产生强烈的情感，这就是电影的精髓。

她引用了影片中世津子的话：

真正的新，是永远不会随着时间的推移而过时的。

寺院青苔上的山茶花，京都山脉上的紫色，青花瓷杯，这转瞬即逝的激情中所绽放出的纯洁的美丽，不就是我们所渴望的吗？属于西方文明的我们永远无法触及吗？

在人生的潮起潮落中仰慕永恒。

米歇尔太太相信有"永恒"这个东西，它存在于瞬间，即使是转瞬即逝的激情，也能绽放出纯洁的美丽。

而冬去春来，看似循环往复，却时刻存在着"新"，真正的"新"，不会消逝。这句话耐琢磨，有深意。

6

喜读《芒果街上的小屋》这本小书，作者是墨西哥裔美国当代著名女诗人桑德拉·希斯内罗丝。这本被称为"诗小说"里的女孩特斯佩朗莎，"生活在芝加哥拉美移民社区芒果街，生就就具有对他人痛苦的同情心和对美的感觉力，她用清澈的眼打量周围的世界，用诗一样的美丽稚嫩的语言讲述成长、讲述沧桑、讲述生命的美好与不易、讲述年轻的热望和梦想。梦想自己有一所房子，梦想在写作中追寻自我，梦想获得自由和帮助别人的能力。"

阅读中，有时感觉仿佛被带到了一个童话世界。全书以一个小女孩的口吻来写。清通、简洁。看似很普通平常的语句，却并不简单，读来很有趣味。女孩的名字是特斯佩朗莎，意思是西班牙语的"希望"。

读这本书时，一种淡淡的香气扑面而来，慢慢读，更能体会到书中所藏的生活的艰难辛酸、童稚的天真快乐以及对梦想的探寻和追求，从中看出作者的匠心独运以及高妙的语言能力。作品不仅描述了女孩在成长过程中的所思所想，同时涉及的是深层次的社会问题，比如种族歧视，是美国在特殊时期社会现实的缩影。

小书是由一个个小短篇组成，就好像由一篇篇日记连缀起来，读完后，体会到作者在对小说的谋篇布局上赋予的深意。

书中有些灵动、奇妙的比喻，读来令人惊讶，既而会心一笑，比如写妈妈的头发、黑暗里醒来的疲惫的爸爸、吉尔的旧家具买卖、路易的表兄等内容，印象深的还有"四棵细瘦的树""阁楼上的流浪者""一所自己的房子"等。平易单纯而富有诗意。书中插图也好，配合文字，小女孩的形象跃然纸上，加深了读者对其的印象。

黄梅评此书道："对众多年轻的和已经不再年轻的初读者和再读者，这都是一本开卷有益的书，既可以成为一种文学体验，也可以唤起情感的交流和共鸣，既可以当作自己试笔写作的参照，也可以触发对人生和社会的体察与深思。"《迈阿密先驱报》称这是"一部令人深深感动的小说……轻灵但深刻……像最美的诗，没有一个赘词，开启了一扇心窗"。《纽约时报书评》认为："希斯内罗丝的文体的简单纯净之美构成对每个人的诱惑。她不仅是作家群中的天才，而且是绝对重要的一个。"诸如此类的评价，在阅读后我深感的确如此。

我觉得，"四棵细瘦的树"表明了小女孩内心的坚定与坚强，"一所自己的房子"表明了小女孩内心的梦想。书中最后一节《芒果有时说再见》结尾部分的几句话，道出了女孩今后想要走的路，带着书和写满"让心里的幽灵就不那么疼"的纸离开，对芒果说再见，"强大得她没法永远留住我"，而这种离开，是为了回来，为了那些留在身后的人，为了那些无法出去的人。

7

我得知梭罗这个人，当然也是从他的著作《瓦尔登湖》开始的。这是一部"宁静，恬淡，充满智慧的书"，倡导在生活中用"减法"思考，在思想上用"加法"思考。张爱玲在《梭罗的生平和著作》这篇短文中讲述："一八四五年的七月四日，他开始在康考特的华尔腾畔的一所木屋中隐居了二十六个月，过着类似鲁滨孙漂流荒岛的生活，这是美国文学史上非常有名的一件事。他这样做，是要证明一项理论：人可以生活得更简单、更从容，不必为着追求物质文明的发达，而丧失了人是万物之灵的崇高地位。他要试验一种返回原始的生活，多和大自然接近，去发展人类的最高天性。"

不知梭罗的试验是否成功，也许他正应和了在物质文明发达的时代人们共同的心理——追求一种简单、从容、内心和谐的生活。

　　然而，梭罗并非逃避现实。他有着分明的爱憎立场。《梭罗的生平和著作》中言："梭罗非但爱自然，他也爱自由，因此绝对不能容忍人与人间的某些不公道的束缚——例如当时美国南部的蓄奴制度。当他住在华尔腾期间他就曾因拒绝付税而被捕，那时美国正和墨西哥作战，但他认为这只是美国南部蓄奴区域的地主们的战事，因此拒付国税以示抗议，结果遭受拘捕，在狱中过了一宵。这次坐监的滋味使他不禁联想到个人和国家的关系。他认为政府应该'无为而治'，不可干涉到人民的自由；而当政府施用压力，强迫人民做违反良心的事情的时候，人民应有消极反抗的权利，后来他还写了《消极反抗》一书来阐明这一套政治主张。"

　　梭罗不但是一个"追求个人内心和谐"的思想家，还是一个言行一致、敢作敢为的实践者。

8

　　刚从书中看到一封短函，想是一位编辑写给一位作者的，其中有一句话，我觉得好：

　　　　有爱不代表我们无视周围的黑暗。反而在有爱时，我们就是彼此的阳光。

　　这本书的书名是《百年来的作家、观念及文学——＜纽

约时报书评 > 精选 》。

不知为什么把这封短函编入此书。虽不明白其背景，但这样的讨论显然是对文学该有的严谨态度。在短短的文字中，说出了一个道理，似乎也回答了什么是爱。

雷·布位德伯里的《来函》全文如下：

多么令人难过！奥登选择更动自己的作品，把"我们必须彼此相爱不然就会死亡"改成"我们必须彼此相爱然后死亡"，这改变了大多数人希望逃避的死神的意义。我必须向奥登先生解释他自己的诗吗？我选择把奥登原来的诗行解释做如果不相爱，我们就会死亡。在被死亡包围的人生中，如果不爱人和被爱，我们就只剩下一副躯壳。在爱的付出和给予当中，我们才能找到生命、目的和欢乐。没有爱不如死了的好。有爱不代表我们无视周围的黑暗。反而在有爱时，我们就是彼此的阳光。该死，奥登先生，把你的诗行改回原来的样子吧！

一九八九年十二月十七日发表

改一字而动原貌，果然如此。

文中提到的爱，也许专指爱情，又或者是人生之大爱吧。

9

在三十岁前，我写过好几类东西，主要是音乐，也有诗歌，甚至有一部剧本。我在多个不同的领域工作——寻找我的声音，寻找我的风格，寻找我自己。随着我的《好笑的爱》中的第一个故事（写于一九五九年）的完成，我确信"找到了自我"，我成为写散文的人、写小说的人，而不是其他的什么人。

那时候，我深深渴望的唯一东西就是清醒的、觉悟的目光。终于，我在小说艺术中寻到了它。所以，对我来说，成为小说家不仅仅是在实践某一种"文学体裁"，这也是一种态度，一种睿智，一种立场。

——米兰·昆德拉

米兰·昆德拉于一九二九年出生于捷克斯洛伐克布尔诺，自一九七五年起在法国定居。长篇小说《玩笑》《生活在别处》《告别圆舞曲》《笑忘录》《不能承受的生命之轻》《不朽》以及短篇小说集《好笑的爱》，原作以捷克文写成。长篇小说《慢》《身份》和《无知》、随笔集《小说的艺术》和《被背叛的遗嘱》，原作以法文写成。《雅克和他的主人》系作者戏剧剧本之代表作。

米兰·昆德拉说："《好笑的爱》，不应该把这个标题理解为：有趣的爱情故事。爱情的概念总是与严肃连在一起。

但是好笑的爱情，属于没有严肃性的爱情的范畴。"仅读作者在书扉页写的简单推介，还是不太理解。这本书以七个短篇组成。读了几页第一篇《谁都笑不出来》，感觉似乎确实与爱情故事无关，讲的是一个执拗的先生为他的一篇论文发表与"我"之间发生的纠结故事。感觉作者的叙述挺吸引人的，能引起读者读下去的欲望。

这本短篇小说集《好笑的爱》，于二〇〇四年一月一日由上海译文出版社出版，译者是余中先、郭昌京。

应该是在春节前后，借去路途较远且藏书较多的书城一趟，买了几本米兰·昆德拉的书，因已好久未读过小说。可直到今日才将其中一本书开封，即《好笑的爱》。

在无心写东西的时刻，读书可以排解烦忧、宁静心神。希望读书可以给我们带来轻松愉快的心情。

行与思

每个人都有他的位置。你在这儿而不是在那儿，他在那儿而不是在这儿。就像宇宙万物的运行自有公律。

麻木使人愚蠢。阅读、思考，可以保持清醒。接近先进的思想和文化，可以使人变得高贵与深沉。

把爱当成人世间最平常的情感，就会有平常的心态。撕心裂肺的爱大多充满了幻想的成分，而其根源不过是想排遣寂寞。

长久的冷淡，让牵挂变得毫无意义。彼此间的默契已随着时光的推移，渐渐消失。

《瓦尔登湖》中的一句话："人们常在误导下辛勤劳作。"很妙。

做到洒脱，很难。除非对待任何事或持游戏的心态，或具备阿Q精神，惯于自我疗伤。但做到洒脱的根本，在于是否站得高、看得远。

朋友说，人生都无意义，又说，享受生活最重要，其他都是身外之物。

当被生活、工作、情感弄得很累的时候，就要好好地反省一下，什么对自己才最重要。想好之后，只做重要的事，哪怕"为伊消得人憔悴"也值。

对于那些你瞧不起但又不得不服从不得不打交道的人，做到坚持自己的原则，不卑不亢。

心静则远，心诚则灵。如同面朝大海，静观、顺势、远阔。

轻松散淡。对于智者，随处都是净土。

每天凌晨醒来，就听见鸟儿叽叽喳喳地鸣叫，清脆、欢快、此起彼伏。天际曙光已经初现。又是晴朗的一天。

简单的生活如果并不能使人愉悦，那也许是因为生活过于单调乏味，而且，心里充盈着爱，但这爱，无处安放。

我们往往漠视眼前的美好的事物，而去幻想那些虚无缥缈的也许并不美好的事物，从而自寻烦恼，不快乐。

鄙视那些可怜虫吧，那些自私的被奴化的人、那些自以为聪明的人、那些没有高贵思想的人。

重要的是"耐烦"，做好摆在面前的事情，即使这项工作毫无意义，但是要尽到自己的本分，并不要抱怨。同时，要学会反思：如何应对，如何突破。

时间，能够证明一切。经历岁月的风雨，让我们明白：坚守，需要付出耐心。

一味索求，会让我们痛苦不堪；一切随缘，会让我们心生宁静。

人生多忧郁。无论是忧天下、忧众生还是忧自己。文学家艺术家大多有忧郁的气质。忧郁能唤醒麻木的灵魂，触动心灵，激发灵感。世世代代，或许正是忧郁带来许许多多灵动的思想，积聚汇合，慢慢构成了人类文明的精华。

唯有现在的一分一秒是真实的。所以，努力地生活着、工作着、思想着、创造着。

庆幸的是，清晨醒来，活着，一切如常。

雨，恼人的雨。闻不到太阳的味道。月亮也不见了。

学会微笑了吗？自然、从容、真心地微笑。

眼神，最能透露出人的品性，明亮或阴暗。

只有内心坚强、自信、无畏之人才能真正做到乐观豁达、轻松散淡。

月亮无论怎样变始终挂在天上散发光芒。往往柔和的东西最久远。

原来，安静是这么难。

对于华丽的辞章，总感到眩晕。朴素、干净、沉着、稳健、深邃、真挚……文字里会透露出一个人的学识、涵养、深度与广度。

朴素、简洁以及文字的力度，当然，还有色彩与声音。

庄重、优雅，源于一种参悟与定力。

语言越来越短，有两种可能：一是纯净，二是枯竭。

人的思维是有局限性的。这种局限，取决于生存的环境、受到的教育、人生的阅历、阅读的选择、知识的积累、天生的喜好，等等，但无论如何，都要努力做到保持敏感和清醒，避免麻木与愚蠢。

人都应持有几分欣喜和情趣。

曾有人说我"挺拔"，听之似乎意犹未尽，难道不漂亮吗？晨读彦火一文，文中说汪曾祺形绘铁凝以"挺拔"二字，纯洁、高雅。原来，"挺拔"是赞美其神韵。不禁暗喜，心中释然。

在性情方面，是否有两个"我"同时存在？有人说："如果拿《红楼梦》中的人物比拟，你具有薛宝钗和林黛玉的混合气质。"这气质也许是指，既独立要强，又多愁善感。其实，人都是矛盾的混合体。

"我每天往身上喷洒毒药"，这句话听起来骇人，其实

"毒药 (Poison)"一词是源自法国巴黎的一款香水名，我很喜欢它的香味，清幽淡雅。

雨终于停了，太阳出来了。蔚蓝的天，白云如絮。阳光洒满了整个房间，我的心开始歌唱。

凌晨后的第一抹清辉在天幕中初显，窗外的小鸟儿急切地催着我从睡梦中醒来，仿佛在说：生命啊，行动吧，行动吧。我静静地聆听，那叽叽喳喳的鸣叫穿越黎明，直到太阳高挂在天空中。我似乎听出了它们的焦虑，似水年华，要在生命最灿烂的时候尽情地欢唱。美好而又执着地欢唱，带着森林里清新的气息。

闭门自省，近来确是被低沉的心绪缠绕。也许是"感时花溅泪"吧，都怪这连绵不断的雨声。太阳被阵阵的阴雨遮蔽。

呵，我当然知道，重要的还是心中有太阳。

善感的心思，容易陷入低迷，需要自己去调节，这样，才有利于健康。

读李欧梵的《人生小语》，他说："日常生活中的感觉是零碎的，瞬间即逝，但回想起来韵味无穷，因为它的语言很简单、很直接，反而是任何大道理和大叙述所不能表达的。"

深感赞同。

他又说："年轻的时候，我每天背伟人语录，立志要做大事；年岁渐老以后，大话说尽，只想写几句人生小语，但却感到极其困难，每天想来想去，只想到两个字：开心。"

这真是世事洞明后的表白啊。

我们何时才能摘下这沉重的面具？生活中，我们时常被"意义"所困扰，所以感觉很累。

不要无端地给情绪设"局"，在"局"中迷失自我。跳出自己看自己。想想自己是不是总在喋喋不休，而缺乏行动。

工作累了的时候，看一些轻松怡情的书或休闲杂志，不作思考状，走出去晒晒太阳。

你现在烦恼的事，也许古人早就烦恼过了。有些烦恼很没必要。前人书里有这么一句话："剖去胸中荆棘以便人我往来，是天下第一快活世界。"

地球的心脏总在沉稳地跳动，均匀、有力，无论花开花落、云卷云舒。

近来，我时常感到我的心脏会猛地搏动一下。

不知是否有了颗残缺的心脏？

地球是很有定力的。而我，需要这样的定力。

　　塞尚说他自己"每一天都在进步，虽然非常缓慢"。我相信，你会在一段时间内，对于写作或者阅读，产生了厌倦。这段时间，也许正是你最为苦恼的时候。林语堂曾说："倦则搁笔"，万事不必强求，只需耐心等待，你真正的声音出现。

　　对于如何"看"事物，读完里尔克的评传，我受到了一些启迪。这里所谓的"看"，是看见超越事物之外的"另一种真实"。而拥有这种"看"的本领，非一日之功，这里所讲的属于艺术的层面了。

　　里尔克表白道："无边的心志，在任何向度上不再有极限，以直达一个最纯粹的内在可能性。"我想，这是否正是艺术家们所追求的"更大的自由"？里尔克还说，"多义"是诗的命根子，通过单纯的诗句达到了一种复合的结构。此观点，与中国的艺术审美是一致的。"意多而言简是行文难到的境界（张中行语）。"因此，在阅读的时候，一看见那些冗长的叙述，我就感到头晕。然而，"看见"只是第一步，心灵必须能感知，"更重要的是，若心中没有'爱'，诗人根本无法写出'心灵的作品'！"。

　　有时在阅读过程中，我会随着所读内容的文气，写出一些与其文气相似的文字，这种感觉很奇怪。

　　"神闲意定，则思不竭而笔不困也"。汪曾祺在《无事此静坐》一文中也提到："下笔的时候，也最好心里很平静，如白石老人题画所说：'心闲气静时一挥'。"

睁开心灵的眼睛

当读完《感动世界的三位女性传记》其中的一位女性——美国盲聋女作家、教育家海伦·凯勒的小传时，我本就极易起伏的情感又一次受到波动。在这每一天看似平凡的日子里，读到这些平易而又动人的文字，是多么令人沉醉，不舍放下。

是的，当我们面对着冷静而平庸的现实，我们往往忽略了天性中所具备的美好品质，这些品质本身就在我们的灵魂深处发着光亮，我们却好像全然不知。

读完海伦·凯勒的小传，一方面对这位天使般的盲聋女性由衷地产生敬佩，同时，也更加珍视生命中所有美好的东西，并发现我们周围的人都是如此可爱。

每一个人来到这个世上都会面临一些关键性的选择。当你选择之后，就必须沿着所选择的路执着前行，即使前方的路荆棘丛生，你都必须顽强地走下去，去创造美丽的人生。这些话听起来似乎有些大而空，然而，还有什么更好的词汇来描述我们的一生呢？在这漫长却也短暂的一生中，我们最需要做什么呢？想一想，我们需要做的事情很多，每一个人都有他存在的理由和价值。我想，我们人生的唯一目的，就是让自己活得美好，并给你周围的人乃至社会带来温暖。

也许是天使海伦·凯勒在人世间以她不平凡的经历与非凡的方式给予了我如此天真的想法。善于发现身边美好的事物，会让我们在频繁的忙碌中变得日益漠然、麻木的心态有一些起色，会让我们更不加以掩饰地去歌咏人间的真善美。

真善美，正是我们活着的意义。

海伦·凯勒虽然两耳失聪，双目失明，但仍心智健全，具有百折不挠的毅力，并得到了许多来自身边人的友爱。她那些发自肺腑的人生感悟，能让我们产生共鸣，并得到启迪。

当面临无尽期的黑暗，海伦·凯勒所承受的孤独和痛苦应该比常人要高出好多倍。然而，她却在不断的求知和探索中，睁开了心灵的眼睛。这双明亮而快乐的眼睛一直伴随着她、支撑着她、鼓励着她，给了她巨大的勇气和无穷的力量。

从下面这段话的描述中，我们可一窥时常折磨海伦·凯勒的那一份深深的恐惧、遗憾、孤独和心向美好的情怀："有时候，当我孤独地坐着等待生命大门关闭时，一种与世隔绝的感觉就会像冷雾一样笼罩着我。远处有光明、音乐和友谊，但我进不去，命运之神无情地挡住了大门。我真想义正词严地提出抗议，因为我的心仍然充满了热情。但是那些酸楚而无益的话语流溢在唇边，欲言又止，犹如泪水往肚里流，沉默浸透了我的灵魂。然后，希望之神微笑着走来对我轻轻耳语说：'忘我就是快乐。'因而我要把别人眼睛所看见的光明当作我的太阳，别人耳朵所听见的音乐当作我的乐曲，别人嘴角的微笑当作我的快乐。"

正是读到这一段话的时候，我抑制不住地眼含泪水。我确信，我们周围的所有人，都如同海伦·凯勒那样，心里充满了热情充满了爱，同时，也时常会被突如其来的恐惧和孤独折磨着，但是，请记住，希望之神同样也会眷顾着我们，向我们微笑地走来，对我们轻轻耳语说："忘我就是快乐。"

让我们一起，用心聆听海伦·凯勒的话语：

只要朝着阳光，便不会看见阴影。

对于凌驾于命运之上的人来说，信心是命运的主宰。

一个人感到有一种力量推动他去翱翔时，他是不应该去爬行的。

人生要不是大胆地冒险，便是一无所获。

有时我想，要是人们把活着的每一天都看作是生命的最后一天该有多好啊！这就可能显出生命的价值。

世界上最好和最美的东西是看不到也摸不到的……它们只能被心灵感受到。

睁开心灵的眼睛，快乐将无处不在。

在海伦·凯勒童年的记忆里，最美丽的花还是那些蔷薇花。因为"它到处攀爬，一长串一长串地倒挂在阳台上，散发着芳香，丝毫没有尘土之气。每当凌晨，它身上朝露未干，摸上去是何等柔软、何等高洁，使人陶醉不已"。

我想，正因为美丽的蔷薇花，它的芳香、柔软、高洁、丝毫没有尘土之气、展示着生命的灿烂这些美好特质，给童年的海伦·凯勒留下了难以磨灭的印记，使她在幼时大病之后两耳失聪双目失明的漫长岁月中，始终拥有美丽的心灵，忍受常人难以忍受的痛苦，不懈努力地追求快乐和充实，永远幸福地生活着。

在《寂静童年》里，海伦·凯勒这样写道：

小屋被葡萄、爬藤蔷薇和金银花遮盖着，从园子里看去，像是一座用树枝搭成的凉亭。小阳台也藏在黄蔷薇和南方茯苓花的花丛里，成了蜂鸟和蜜蜂的世界。祖父和祖母所住的老宅，离我们这个蔷薇凉亭不过几步。由于我们家被茂密的树木、绿藤所包围，所以邻居们都称我们家为"绿色家园"。它是我童年时代的天堂。

置身于这个绿色花园里，真是心旷神怡。这里有卧在地上的卷须藤和低垂的茉莉，还有一种叫作蝴蝶荷的十分罕见的花。但最美丽的还是那些蔷薇花。在北方的花房里，很少能够见到我南方家里的这种爬藤蔷薇。它到处攀爬，一长串一长串地倒挂在阳台上，散发着芳香，丝毫没有尘土之气。每当清晨，它身上朝露未干，摸上去是何等柔软、何等高洁，使人陶醉不已。我不由得时常想，上帝御花园里的曝光兰，也不过如此吧！

难以想象，当她再也不能亲眼看见这"绿色家园"，再也听不见花开的声音、蜜蜂的嗡嗡声、小鸟的啼叫声，她所面对的是怎样的一片漆黑的世界。然而，海伦·凯勒用她顽强的毅力、聪慧的头脑和美好的情怀，向世界发出了她自己的声音，如同芳香的蔷薇，展现着高洁、柔软、不染尘土之气的品质。她最著名的散文《假如给我三天光明》，就是一朵永不凋谢的最美丽的蔷薇花，在世界文学史乃至人类的心灵史上，代代相传，万古留香。

春华秋实的文化记忆

闲暇时静静地回忆，用朴素的语言来描述曾经的生活，这在我感觉是亲切的。往事如烟，在一点点地回忆当中，那些往事仿佛又有了勃勃生气。

自我分析一下，我是个比较内向的人，不太喜欢惹人注目。喜欢一个人安静地待着，在自我的小天地里快乐知足地活着。但是，命运往往在不经意间转变着人生轨迹，我好像总是被什么力量推着站到前面去，似乎这一路走下来竟看到些许风光了。

记得刚开始读师范的时候，正式学讲普通话，一开口，我当然是武汉味儿十足，没有平舌、卷舌、鼻音、边音之分。后来我加强了对普通话的练习。也许是因身上有一半的北方血统，故而我在语音上悟性较好，后来我的普通话吐字清晰，字正腔圆，说得比较标准和流利了。

一九九三年，在一次偶然的机会下，我到刚刚创立的龙华有线电视台做了新闻播音员，当时对于我来说真是难以想象。人的一生，有许多机遇和挑战。一向腼腆的我，竟被一下子推向电视荧屏前，当时我的心里既兴奋又紧张，更多的是胆怯，毕竟是面对广大的电视观众。

青春就如同一团火，当年的我仿佛具有天不怕、地不怕的勇气，什么都敢试一试、闯一闯。凭着这股勇气，播音工作几年做下来还算出色，在当地我也小有名气了。

二十世纪九十年代初期，龙华作为深圳的边陲小镇，文化氛围十分浓郁，文化建设如火如荼，蒸蒸日上。当时，全国首家镇级电视台、广播电台、报社、艺术馆等一批文化机构陆续成立，引进了一批文化人才，文化活动开展频繁。一九九三年，龙华举办了"龙华小姐"的评选活动，这次评选活动在当地史无前例，场面撑得比较大。后来也没再举办过，我参加了这次评选活动，被评为"十佳之一"。

当时大大小小的文艺演出都让我去主持。说起来，还真有一桩糗事儿。那时候我刚开始做节目主持人，没有什么经验，有一次我走上舞台准备报幕，不承想走到台前脑袋里一片空白，什么话都说不出来，没办法，我又退回后台把台词看一遍，再重新走上舞台报幕，当时的场面尴尬得不得了，引得台下观众一阵善意的哄笑。其实，做新闻播音员或许比做现场主持人要轻松一些，我们的新闻节目是以录播形式进行，录得不好可以重来，眼前也只有想象中的观众，实际上就是对着摄像镜头说话。而现场主持就不同了，说错了不能重来，只能自己圆场。台下的观众黑压压一片，舞台上的强光一照，什么也看不清，只觉得脑袋晕晕的。记得舞台经验比较丰富的同事对我说："不要怕，越怕越紧张越容易出错。"后来，主持的次数多了，自然而然就老到了许多。

做好新闻播音员和主持人，真不是件容易的事儿，里面的学问深着呢，不仅形象要端庄大方，亲和力强，口头语言表达能力要强，而且考验着一个人的才智、现场的掌控及应变能力，是一个人的整体形象在大众面前的展演。几年下来，我也算是悟出了些门道，练出了些胆量。

再后来，我被调整了工作岗位，到了龙华文体站。先是在龙华电台干了一段时间，后被安排在办公室做文员，除了写公文，还开始接手办《龙华文艺》杂志，从此开启了我全新的工作之旅。当时单位的领导是个非常成熟、干练的女子，她是学声乐出身，专业素养很强，待人和善、公正，性格直爽，工作有方有法，考虑问题周全，做事大气，对自身要求严格。原来所有的大型文化体育活动，都由她来张罗牵头负责落实。当时我们在她的领导下，工作的热情和干劲十足，一些文艺专干把才华发挥得淋漓尽致，文体工作开展得有声有色，做得颇有成绩。当时我们举办了许多在当地比较有影响力的活动，如龙华文化广场落成典礼暨大型文艺晚会、连续几届的国际自行车比赛、龙华运动会开幕式大型团体操表演等，那时候，我们一队人马常常在一起加班加点忙到很晚，却十分开心。

　　二〇〇六年四月，于我而言，又是一个大的转折点。深圳市开展街道区划调整与管理体制创新试点工作，将原宝安区龙华镇分拆为大浪、龙华、民治三条街道。我被分到大浪工作，算年头已有十四年了。二〇一六年十月，经国务院批准正式设置行政区龙华区，此后大浪街道归龙华区管辖。这些年，这片土地上的发展变化有目共睹。

　　值得庆幸的是，我又遇到了一个重视文化工作的领导，在他的领导下，我们创办了一本纯文学杂志《羊台山》，引起了文学界的小小波动。因为，当时还没有一个街道办有此类刊物，而且是开放型的，立足深圳，面向全国。为了进一步确立办刊的信心，我们在创刊伊始，邀请了部分业界人士对刊物进行评估，得到了业界广泛的肯定。后来，我们又举办过几次刊物研讨会，使这份刊物的专业性和影响力更加牢固和深远。

　　《羊台山》于二〇〇六年十月创刊，为季刊。创刊后的十几年来，我作为主编，对其倾注了大量的精力和心力，也是因为我喜欢这份工作，此后我一直留在大浪。我们秉承着"海纳百川，有容乃大"的办刊宗旨，以高端化、精英化作为办刊理念，以著名作家和新锐作家为主要供稿来源，以培养本土的文学爱好者为办刊目的，给众多喜爱文学创作的年轻人建立了一个创作交流的平台。我很珍惜这份工作，觉得坚持做一件自己喜欢的事十分重要，也十分感谢历届的大浪领导班子对这本刊物不离不弃的厚情。同时，我们借助刊物平台的影响力，开展了一系列的文学活动。

二〇一八年五月三十一日，龙华区文学艺术界联合会成立，我很荣幸地加入其中，分管龙华作协的相关工作，并参与编辑出版《龙华作家作品精选集》《诗意的飞翔》两本书。

记得在《羊台山》创办十周年的研讨会上，有专家称："我们应该尊重大浪这个地方，大浪曾经是一片海，能够掀起文学的大浪。"我也曾在刊物创刊一周年之际，借用蔡元培先生治学的"四字诀"——"宏、约、深、美"来定位《羊台山》杂志要走的精神之路。"宏"，即有恢宏的气度、磊落的胸怀，兼收百家所长；"约"，即有了一定基础之后，集中精力在别具一格的风格上下点功夫；"深"，即形成自身特色，不断地创新与进步；"美"，即达到一种地方性、民族性、思想性、艺术性共生的理想境界。在二〇二一年杂志创办十五周年的活动上，我也总结了一个"四字诀"，即"专、稳、高、广"，意即这是一本专业性强、走得稳、站得高、视野广的文学杂志。可以说，《羊台山》一直在这条精神道路上前进着，始终不渝。

现在，有着客家民俗历史和优秀革命传统的羊台山，已正式改为原来的名字——"阳台山"，但这不影响刊物的办刊宗旨，我们将初心不改，坚持一份文学理想，伴随着文学寻梦的岁月，留下一些珍贵的作品和记忆。

我的写作随想（代跋）

　　我希望我的写作风格如兰花般散发出浅浅淡淡的香气，这符合我的个性，沉静如水，不事张扬，也符合我的文章，都是些短小且零碎的思想和感悟，想象着它们如同空谷幽兰，虽不惹眼，但暗香四溢，那凝聚心思的文字对于我而言是成长的足迹，是人生的财富，是生活中的乐趣和安慰。

　　短小的文字或许是立不起来的，支撑文学大厦的是那些反映时代变迁、弘扬时代主旋律的鸿篇巨制，这样的一些作品好比是山、是大树。然而纵观古往今来的文学经典，其中也不乏短小精悍之作，闪耀着世间美好的情感和智慧的哲思，让人反复地咀嚼回味，直至在脑海里留下深深的印迹。或许，能给生活在凡尘中、时常感到孤独和寂寞的人群以精神慰藉和鼓舞的，就是这些短小而精炼的作品了。董桥有一篇短文题为《文章似酒》，文中谈到爱读简洁的文字，觉得是"真能在愚蠢的大时代里闪耀出智慧小火花"，他说刘大任送给他一本《秋阳似酒》的袖珍小说，不由地喜悦，认为"当今文章粗糙浮浅成风，读到这些又绵密又隽永的作品是享受，似酒越陈越香"。他还说刘大任曾经说过："平生不太能忍受官僚文体和自以为是的滔滔雄辩，下笔于是不惜削、删、减、缩"，等等。

回想我的读书经历，做学生的时候很喜欢读大部头的中外名著，它们像一块吸铁石把我的视野全吸了进去，使我完全沉迷其中。自那时起，那些中外名著便潜移默化地给了我文学营养，培养了我的文学情怀。随着年岁的增长和阅历的丰富，我倒是越来越喜欢读一些简练的文章，而拿起笔开始写作的时候，也是尽写些短而碎的文字了。我认为，写鸿篇巨制是需要天分和厚实的文学功底的，写似酒的文章也是需要广博的知识和深厚的文学素养的，而对于我，只是因为真心喜爱，所以只随缘且用心地去经营我的文字城堡，然后把它们比作花，比作人生中一朵朵娇嫩美丽的小花，有淡淡的花香，能够自得其乐就很知足了。

在我看来，每个人的创作，与他的生活经历和阅读经历有很大的关联，这些经历也许决定了他的创作方向和写作风格。我主要是写散文随笔，题材较小，大多是反映生活、阅读中个人的随感。我自以为写不出主题恢宏的大作，但是，在这样一个日新月异的时代背景下，记录平凡生活中的点滴感受和思想，也是有它存在的意义和价值的。

　　文学与写作，能愉悦自我，陶冶性情。文学可以丰富我们的内心情感，帮助我们对世界有更多的认识；写作可以让我们在生活中做一个有心人，自觉地去发现、去感悟、去思考。我喜欢安徒生说的一句话："感情和大自然，是永恒的最能打动人的东西"，这就是我今后写作所追寻的主线。我也喜欢梁遇春说的一句话："散文，就是用轻松的文笔，随随便便地来谈人生"，这也贴合我的写作风格。我偏爱朴实简约的文风，其间深藏着丰厚的学识、人生的智慧和情趣、达到了一种很高的思想境界……都是我今后学习和努力的方向。

　　我写作的目的很简单，只是想敏感于身边的琐碎事物，细嚼着人生的种种滋味，然后让心思从我的手指尖上绵绵不断地涌出来。这些文字将是我用心生活的见证，是我内心独有的表达，是我精心构筑的心灵城堡。